KB057747

쓰면서 이야기하는 사람

册과
책임
: 02

# 쓰면서 이야기하는 사람

이근화 산문집

ㄴㄴ > < ㄷㄴ

# 차례

## 2부 | 칸트와 슈퍼 쥐

## 3부 | 오리를 보는 고통

**4부 |** 망치란 무엇인가

십여 년 전부터 썼던 산문들을 엮어 낸다. 들쭉날쭉 보기 싫다. 무용한 짓인 것도 같다. 나중에라도 혹시 내가 아무것도 하지 않았다고 자책하게 되는 순간이 오면 산문집이 날 보며 씩 웃어줄 것이다. 헛짓이라도 하긴 했어. 못났지만 애썼어. 위로를 건네주면 좋겠다.

변두리 골목길의 소녀, 부모님 애먹이는 고집불통의 딸, 건널목 신호등 앞에서 길을 잃었던 여자, 말없고 질긴 아내, 신경질적인 엄마가 부분적으로 녹아 있으니 부끄럽고도 다행스럽다.

지금도 계속 산문을 쓰고 있다. 내가 배워야 할 것은 글을 잘 쓰는 법이 아니라 침묵하는 법인지도 모르겠다.

적은 수다를 응원해준 가족들, 동료들, 선생님들, 친구들에게 감사의 마음을 전한다.

2015년 늦가을

이근화

## 1부

괜찮을까요

# 당당한 부끄러움

## 1. 맨발

맨발이었는지 신발을 신었는지 기억이 잘 나지 않는다. 대형 캔버스에 올라가 멋대로 물감을 뿌려대던 화가의 발 말이다. 잭슨 폴록의 작품들이 천억이 넘는다 하니 맨발이든 신발을 신었든 작품 위에 올라간 최초이자 최후의 발이 될 것이다. 작품을 들여다보며 그의 숨은 발을 상상해본다.

출판사 개업식에 초대받은 적이 있다. 한여름이었다. 땀을 뻘뻘 흘리며 찾아갔다. 형식적으로 입은 재킷은 벌써 벗어서 아무렇게나 구겨들었다. 사무실 안은 시원하고 이래저래 모인 축하객들은 포도주와 크래커 등을 나눠 먹었다. 어색한 인사들이 오가기도 했다. 책들로 둘러싸인 조촐한 공간에 생전 처음 들어보는 음악이 흘러나오기 시작했고 밤이 깊어갔다. 더위와 음주로 정신이 반쯤 나간 나는 계속 사장님의 맨발만 쳐다보고 있었다. 안 그러려고 해도 스포츠용 샌들 바깥으로 나온 발가락을 훔쳐보는 재미에 푹 빠졌다. 나는 사람들의 손톱 밑이나 발가락 길이를 훔쳐보는 무례를 종종 범한다. 참을 수가 없는 일이다.

친구는 대학 동기를 오래 짝사랑했지만 누가 봐도 고백할 성질의 것은 아니었다. 그냥 오랜 친구로 남는 것이 수지에 맞는 장사인 것이다. 그 짝사랑의 신혼 집들이에 다녀온 친구는 분개했다. 안 그래도 그럴 줄 알았지만 분개 이유가 너무나 사소하고 허망했다. 새댁이 맨발로 손님을 맞이했다는 것이다. 분주하고 정신이 없어서겠지, 라고 두둔해봤자 소용이 없었다. 너는? 집들이 어땠는데, 양말 신었는지 기억나니? 제대로 답하지도 못하면서. 새댁의 맨발이 전해주는 무방비와 무례함 때문이었을까. 내 친구의 애틋한 감정을 보호해주지 못한 새댁이 너무한 건 사실이다. 맨발은 그런 것.

내 시 속에는 투명한 발꿈치가 종종 등장한다. 그건 아마도 잘 보이지 않는, 날 이끄는 어떤 매혹에 관한 표현일 것이다.


2. 머리카락

히치콕 평전은 그의 영화만큼이나 재미있었다. 그는 영화에만 푹 빠진 인생이었다. 순진하고 몰두된 삶. 차가운 성적 매력을 지닌 금발 미인들에 대한 선호를 두고 사람들은 말이 많았다. 히치콕은 자신의 편애 성향을 솔직히 고백하면서 다음과 같은 말을 했다고 한다. "왜 내가 항상 이렇게 완벽하고 우아한 금발의 여배우들을 찾느냐고요? 나는 정말 여인 같은 여자, 그러면서도 침실에만 들어가면 창녀가 되는 그런 여인이 필요합니다…… 내 생각에는, 성적인 매력으로 따질 때 가장 호감이 가는 여자들은 영국계 여자들입니다. (……) 젊은 영국 여인은 예컨대 언뜻 보기에는 학교 선생님 같습니다. 그러나 놀라시겠지만 당신이 그녀와 택시에 오르기만 한다면 그녀는 당신의 바지 지퍼를 잡을 것입니다"(베른하르트 엔드리케, 『앨프레드 히치콕』, 한길사, 1997). 그러나 그의 영화 속 여주인공들은 불가능한 여성성을 재현하는 데 바쳐진다. 남성들이 매달리는 여성성이 얼마나 허구적인 것인가를 보여주기 때문이다.

오후에 잠깐 아이들을 돌봐줄 사람을 구했다. 동네 할머니였다. 키가 작고 살집이 있고 머리카락이 고불거리는. 뭐 좀 다른 게 있다면 흰머리를 약간 보랏빛으로 염색했다는 것 정도. 문제는 머리카락이었다. 유치원 다니는 큰 아이가 적응하지 못했다. 대한민국 국민은 머리카락이 검다고 배웠다는 것이다. 한국인이 아니야, 거세게 반발했다. 머리카락 색이 이상하니 못생겼고, 그래서 자신을 돌봐주는 것이 싫다고 면전에 대놓고 울어댔다. 난감했다. 대중목욕탕에서 꼽추 할머니를 보고 등에 뭘 숨겼느냐고 자꾸 캐물을 때도 이렇게 불편하지는 않았다. 검은 머리도, 흰머리도, 갈색 머리도, 노란 머리도 있다고. 그런 거라고. 머리카락이나 피부, 눈동자의 색은 중요한 게 아니라고 달래보고, 윽박질러봤자 소용이 없었다. 한 달을 넘기지 못하고 할머니는 물러섰고 다른 할머니가 왔다. 완전 새까만 머리여서 다행이었다. 대한민국 국민이었다.

머리카락에 대한 집착도 유전일까. 나는 머리카락에 대해서는 약간 편집증적 망상을 갖고 있다. 머리카락이 그 사람의 무엇인가를 잘 보여준다는 생각에 빠져 있고, 내 시 속에서 머리카락은 관계를 지각하는 촉수처럼 그려지기도 한다.

3. 살집

내가 좋아하고, 존경하는 선배 시인이 있는데 이런 말을 하는 걸 들은 적이 있다. 무조건 말라야 예쁜 거야. 뚱뚱한 건 죄악이야. 그 선배 시인도 중년의 아줌마치고는 마른 몸매를 유지하고 있었다. 시적 갱신 능력과 새로움에 대한 탐구 열정에 비해 몸에 대한 이야기는 너무나 단호하고 단순했다. 한 번도 마른 몸매를 유지해본 적 없는 나는 선배의 말에 실망이 되었다. 살집뿐만 아니라 나는 얼굴도 어깨도 손도 크다. 혼자 있으면 잘 모르는데 공용 화장실에서 손을 씻고 고개를 들면 함께 서 있는 다른 여자들에 비해 한참 그렇다. 상대적으로 그렇다는 말이다. 외국 여행을 할 때도 바로 그 현상이 일어난다. 서양인들과 함께 있으면 푹 파묻혀 한참이나 밀린다. 그건 어쩐지 몸만 그런 것 같지 않다. 국적을 의식하고 살았던 적도 별로 없으면서 어쩐지 초라해지고 마음이 위축된다. 종종 혼자 카페나 공원에 앉아 있으면 동양 여자에 대한 호기심을 들고 찾아오는 남자들이 제법 있다. 왜 그렇게 귀엽고 작냐는 눈빛을 보내면서. 내 조그만 입술로 말한다. 무슨 말인지 잘 못 알아듣겠다고, 난 지금 매우 바쁘다고. 컸다가 작아진 몸을 유지하느라 소심하고 바쁜 셈이다. 혼자 여행하면서, 오랜 침묵의 시간을 견디면서 그간 잊고 있었던 나의 말, 한국어에 대해 생각해본 시간들은 시를 쓰는 데 여러모로 도움이 되었다. 침묵이 얼마나 많은 수다를 담고 있는지도 알게 되었다.

### 4. 귀

손이나 발처럼 귀에도 인간의 오장육부로 흘러가는 혈관이 배치되어 있고 그걸 문지르거나 만져주면 자극이 되어 좋단다. 관상에서는 귓불이 복을 상징하기도 한단다. 두툼하고 동그란 귀가 앙상하고 까진 귀보다 복이 있다는 것이겠지. 내게 귀는 보물 지도처럼 보인다. 그것을 따라가면 큰 재앙과 보물이 함께 주어질 것 같다. 사실 내 신체 기관 중에 가장 잘 발달되어 있으면서도 미숙한 것이 바로 귀, 청력이다. 소리에 예민하지만 음악에 대한 취향이 없다. 음향과 목소리, 소음과 침묵을 구분하는 것이 쉽지 않다. 내 시는 비교적 고요하고 평면적인데 거기서 솟구치는 작은 소리는 누구의 귀에 어떻게 가닿을까. 우주는 고요하고 적막하다고 상상되지만 실제 엄청난 소음과 굉음으로 가득차 있다고 한다. 사진이나 영상이 아닌 실제 우주를 채우고 있는 소리를 들어보고 싶다. 인간의 가청 능력이 보잘것없어서 다 들을 수 없겠지만 말이다.

### 5. 검버섯

칠십이 넘은 노모가 오랜만에 상경하여서 남편은 분주하고 바빴다. 현관에 들어서신 시어머니에게 공손하게 인사하고 고개를 들었는데 나는 그대로 굳어버렸다. 얼굴과 팔다리에 온갖 상처와 딱지가 앉아서 너무 놀란 나머지 표정 관리가 어려웠다. 검버섯 시술을 받으셨다고 했다. 저승꽃이라 불리는 그것에 나이든 사람은 퍽 민감하다. 언젠가 오랜만에 찾아뵌 스승도 마찬가지였다. 벗어둔 카디건을 얼른 걸쳐 입으셨다.

얼마 전부터 나도 내 얼굴에 기미, 주근깨, 검버섯이 짙어져 가고 있다는 생각이 들었다. 한참 거울을 들여다본다. 얼굴이나 표정이 아닌 피부 위의 그것들만. 그런데 이상한 일은 언제부턴가 아버지와 같은 자리에 같은 크기의 검버섯이 자라기 시작하였다는 것이다. 오른쪽 광대뼈 위에. 같은 기질과 성정이 만들어낸 유전자적 조작일까. 좀처럼 병원에 가시지 않는 양반인데도 피부과에 가서 애써 지우셨던 바로 그것. 아버지가 사주신 오랜 책상처럼 이 검버섯까지도 오래 사랑할 수 있을까. 내 부모의 병증과 질환이 사십 가까운 내게도 조금씩 나타난다. 애증과 연민을 갖게 되는 순간이다. 어쩌지 못하는 그런 감정들이 내 시 속에는 참 많이도 숨어 있다.

# 저것은 국화

아파트 뒤편에 국화를 가꾸는 할머니에 관한 시를 쓴 적이 있다. 국화는 탐스럽고 아름다웠지만 꼭 그래서가 아니라 할머니의 도도함, 가령 내 인사 같은 건 잘 받아주지 않는 차가움 때문이었다. 국화를 닮은 할머니가 나는 좋았다. 후배의 아버지는 방안 가득 새를 키운다고 했다. 그 방에는 아버지의 출입만을 반기는 시끄럽고 냄새나는 새들이 가득할 것이다. 나는 일주일에 두 번씩 요가를 하러 가는데 오늘은 심란해서 호흡이 자꾸 엉켰다. 한두 가지 취미를 가지고 있는 평범함이 일상을 유지하는 데 아주 중요하다는 것을 알게 된 것은 삼십대에 들어서였다. 때로는 사람들의 기이한 습관이나 열망까지도 이해가 갔다. 미니어처를 수집하는 사람도 있고, 이소룡 트레이닝복을 꿈꾸는 직장인도 있다. 그들 삶의 고단함을 굳

이 아는 척하지 않고 평범하게 인사를 건넨다. 안녕하세요, 하고.

영하의 추위 속에서 연하장이, 초대장이, 부고가 날아들고는 한다. 오랜 연애 끝에 후배가 결혼을 하고, 간간이 나도 사람들에게 신년 인사를 건넨다. 어린것의 고열과 노부모의 혈압이 걱정이다. 〈나가수〉에서 바비킴이 탈락하여 신경질이 났다. 김정일이 죽었고 김근태도 죽었다. 다음 한반도 정치체제와 동아시아 국제 관계의 변화에 대한 전망이 쏟아지지만 낙관적 전망은 쉽게 찾아보기 어렵다. 〈나꼼수〉의 폭발적인 반응에도 불구하고 경제적 위축과 불투명한 전망은 정치적 감성을 위축시키는 것 같다. 일상의 안녕에서 경조사까지, 개인의 취향에서 새로운 체제의 출범까지 우리의 스물네 시간은 여러 고민들로 빡빡하게 채워진다. 울컥 날아드는 믿음이 있는가 하면 질기게 따라붙는 불신에 몸을 떨기도 한다. 장바구니의 경제만큼이나 비경제적인 기분과 감정들 한가운데 우리가 있는 것 같다. 마음 둘 곳을 잃어버린 채 떠돌면서, 하루가 언제 어떻게 끝장날지도 모르면서 말이다. 국화가 절개와 의지의 상징이라면 국화의 시대는 여러모로 지나버린 것이다.

그런 삶 한가운데서 누군가 노크를 한다. 협잡과 공모를 위해. 선의와 봉사를 위해. 그러나 문을 열기 전에는 아무도 그 의미를 모른다. 알 수가 없다. 이 모름 때문에 내일 아침 내가 깨어나지 못할 수도 있는데 오늘밤에는 또 꿈을 꾸며 자는지도 모르겠다. 사과나무에 잎이 많아요, 돼지가 사과를 먹어요. 동화책을 읽다가 잠든 어린것의 이마를 짚어주는지도 모르겠다. 그러나 미래를 언제나 손님처럼 맞을 수는 없을 것이다. 노크 소리를 분별하는 일은 어렵지만 또 그렇게 해야 할 때가 있는 것처럼 말이다. 한겨울 추위와 맞서며 송이송이 국화를 길어올리는 할머니의 마음이 그랬을까. 날아든 추위를 막기 위해 비닐을 치던 할머니의 작고 단단한 손은 어떤 삶의 과정을 지나왔을까. 국화는 어떻게 할머니 마음의 문을 두드렸을까.

저것은 국화. 이것은요? 손가락으로 가리키는 것에 대해 쉽게 호명할 수 있지만 그렇게 하지 못하는 것들이 참으로 많다. 우리 삶을 구원해줄 영웅이 등장할지, 스스로를 구원하기 위해 슈퍼맨이 되어야 하는 건지 나는 아직 감을 잡지 못하고 있지만 누구라도 마음속에 국화를 키우며 이 시대를 어렵게 지나고 있을 것이다. 그런데 올겨울 국화와 할머니는 보이지 않았다. 할머니가 궁금한 건지 한겨울 추위를 쨍하게 갈라놓는 국화가 그리운 건지 잘 모르겠다. 아파트 뒤뜰이 아니라 이동식 화분에 국화를 키운다는 소문이 들려오기도 했다. 아파트 경비들과 트러블이 있었는지도 모르겠다. 할머니도 국화도 안녕하기를.

# 샤넬

샤넬이나 짝퉁 샤넬을 하나쯤 갖고 있는 사람들이 많을 것 같다. 요즘에는 다른 명품 브랜드를 더 선호하는 듯하지만 샤넬은 아직도 명품 중의 명품이다. 엄마에게도 명품이 필요했나보다. 생신을 앞두고 새언니에게 오십만 원을 송금했다. 자식들이 돈을 모아 엄마에게 생애 최초로 샤넬 가방을 사드리기로 합의한 까닭이다. 등산, 계모임, 장보기 이외에 별다른 외출이 없는 엄마에게 샤넬씩이나 필요할까 싶었지만 엄마의 욕망을 읽어준 새언니에게 고맙다고 말했다. 진심으로. 엄마도 아직 여자이고 여자에게는 명품이 하나쯤 필요한 순간이 있으리라.

이탈리아에서 공부를 한 친구는 지금 명품을 쉽게 사주기 어려운 남편과 살고 있다. 모든 가족과 친구들이 반대하는 결혼을 해서 아들 하나를 두고 티격태격 잘산다. 결혼에 반대하지 않은 유일한 친구인 나로서는 그들의 티격태격이 나쁘지 않다고 생각한다. 친구는 유학을 마치고 돌아오는 길에 공항 면세점에서 아이섀도를 사와 내게 선물해주었다. 까맣고 반들거리는 정사각 케이스에 샤넬의 빛나는 로고가 찍혀 있었다. 날마다 빵만 뜯어 먹으며 학교에 다녔을 텐데 마음이 좀 안 좋았다. 섀도는 퍼플 계열이었고 마음에 쏙 들었다. 친구도 나도 예민하고 변덕스럽다. 명품을 척척 사줄 만한 남편들이랑 살면 좋겠지만 둘 다 착하고 로맨틱한 남자를 선택했다.

내가 영 친해지지 못하는 후배가 하나 있다. 똑똑하고 재능 있고 싹싹하기까지 하다. 무엇으로 보나 내가 걱정할 면이 없다. 어느 날엔가 후배는 샤넬 로고가 박힌 킬힐을 신고 나타났다. 모델이라고 해도 믿겠다. 그녀는 킬힐을 신고 또각또각 잘도 걸었다. 나 같으면 몇 발자국 못 가서 발을 헛디디고 말았을 것이다. 그런 걸 신고서는 하루도 버티지 못할 것이다. 후배 또한 샤넬의 킬힐로도 누르지 못하는 정적과 허무가 있다는 걸 알 것이다. 우리가 이해하지 못하는 것은 스타일이 아니라 바로 자기 자신이다. 온전히 이해하지 못할뿐더러 조금씩 변하기 때문에 '나'라는 것은 중국의 국경선처럼 늘 변화무쌍하다. 가브리엘 샤넬의 인생과 그의 연인들이 그러했던 것처럼.

스킨헤드족이었고 샤넬의 새로운 모델이었던 그녀가 로마 가톨릭에 귀의하여 사제의 발걸음을 배울 때, 일요일의 종소리는 열두 시와 여섯시에 한 번(「피의 일요일」). 시네이드 오코너에 관한 이야기를 듣고 쓴 시이다. 그녀의 발걸음에 대해 오래 생각해본 적이 있다. 종종 바네사 파라디, 바바라 팔빈 등의 이름만 들어도 사랑에 빠질 것 같은 기분이 든다. 나는 코코 샤넬을 좋아하지만 정작 고가의 샤넬을 사본 적은 없다. 하지만 여성의 아름다운 물건을 동경한다. 보기만 해도 설레는데 그것이 왜 나쁘겠는가. 나는 내가 따르지 못하는 유행과 유행의 첨단을 좋아한다. 내가 누리는 물질적 풍요의 허망함과 자꾸만 어긋나는 이 삶에 대해 기록할 때조차도 멋과 맛에 대한 나의 다른 쪽 욕망을 잠재울 수가 없다. 여성이기 전에 사람이어서 그렇고 어느 시대를 막론하고 자신의 초라함과 낭패감을 가려줄 무엇인가를 욕망하는 것이 사람이기 때문이다.

나는 대도시가 요구하는 소비를 충실히 늘려가면서 살고 있다. 가끔은 기계적인 소비 패턴과 단조로운 삶의 스타일에 신물이 나지만 새로운 삶을 꿈꾸기만 할 뿐 대도시를 벗어날 용기를 내지 못하고 있다. 언젠가 매연과 소음이 적은 곳으로 가고 싶다는 생각을 해보았지만 바로 그 소음과 악취와 요란 법석 속에서 내 시가 탄생하는 것도 사실이다. 고요하고 한적한 곳에서 나는 시를 생각하지 않는다. 시장 골목에서 쌍욕을 하며 삿대질을 하는 사람들, 술과 고기 냄새에 찌든 채 흔들거리는 가장들, 아슬아슬한 옷을 입고 도도하게 걷는 젊은이들, 명품을 더욱 명품답게 하는 현란한 광고 현판들 속에서 나는 얼마간 삶의 재미와 비애를 느낀다.

사건 이후 내가 보고 듣고 만지는 모든 사물들이 기울어가는 느낌을 받는다. 물속에 가라앉는 샤넬. 그런 순간에는 샤넬도 샤넬임이 그다지 중요하지 않았을 것이다. 스타일과 품격을 유지하는 일만큼 인간적인 것을 지켜가려는 노력이 중요할 텐데 자본의 흐름이 거의 모든 것을 결정하는 이 시대에 부를 축적하려는 안간힘 속에는 인간다움과 선함을 유지하려는 노력이 별로 없는 것 같다. 다른 사람의 생명을 자신의 안위와 쉽게 뒤바꾸는 야성 앞에서 할말을 잃었다. 수많은 사람들을 죽음으로 몰아간 무지와 불능을 드러낸 내 나라의 시스템이 부끄러웠다. 미안하고 처참한 마음을 어디에 잇댈 수 있단 말인가. 공공의 영역에 무관심하고 함께 산다는 것의 진의를 쉽게 저버리는 미디어의 작태는 어제오늘의 일이 아니다. 사기와 협잡의 그늘 아래 맹목적으로 이어지는 삶이 두렵다. 이모든 사태와 감정들은 한국 사회에서 너무 오래 자주 반복되는 것이 아닌가. 사교계의 여왕이었던 샤넬은 제2차 세계대전 중에 독일군 장교와 교류하고 나치에 협력하여 프랑스인들의 원망을 산 바 있다. 비인간적 노동 환경에서 일하던 노동자들의 항의에 가게 문을 전면적으로 폐쇄한 적도 있다. 다 예전 일이지만 여전히 인간다움과 그것을 지키려는 노력 뒤에는 철철 피가 넘치고 있다. 종종 샤넬의 로고는 원한의 고리가 얽힌 것처럼 보인다.

# 한밤중
# 어항 속이 끓고 있다

1. 한밤중 어항 속이 끓고 있다

대극장 연극 공연은 그냥 그랬다. 식상하고 지루한 내용을 복잡하고 아름다운 무대로 적당히 가리고 있었다. 막이 내리고 사람들이 쏟아져 나왔다. 주말 저녁을 즐기느라 삼삼오오 발걸음을 맞추었을 사람들 속에 나도 있었다. 지하철이나 마을버스로 사람들이 쏟아져 들어갔다. 제법 추운 날씨였다. 택시를 기다리는 사람들도 많았다. 승강장에 사람도 차도 길게 늘어섰다. 내 앞은 중년 부부였다. 다정하였다. 한 손씩 장갑을 끼고 다른 쪽 맨손은 마주잡았다. 내가 타게 될 택시를 눈으로 어림짐작하고 있었는데 내가 예상했던 다음 택시를 타게 되었다. 중년 부부가 손을 풀고 각각 다른 택시를 탔기 때문이다. 내 상상력이란 그렇게 빈곤한 것이다. 여자는 남자에게 장갑을 돌려주며 가볍게 손을 흔들었다. 잘 가요. 한 손은 뜨겁고 한 손은 차가웠을까. 사람은 제 오른손과 왼손만을 마주잡으며 살기는 어려운 것 같다.

다 풀어지지 않는 삶의 비의 속에서 누군가는 모종을 심고, 누군가는 도에 매달리고, 누군가는 국수를 말고, 누군가는 한밤중 조그만 노트북을 두들긴다. 같은 아침을, 같은 감정을 길어올리기 어렵고 그럴 이유도 없다. 비닐하우스는 노동과 생산의 현장이면서 은폐와 비밀의 공간이기도 하다. 과거의 비밀들은 현재를 조정함으로써 은근히 드러난다(김이설, 「비밀들」). 어떤 시간들을 호출하느냐에 따라 이 세계는 조금씩 달라진다. 오늘도 같은 숫자를 같은 바늘이 가리키고 있는 것 같지만 정말 그럴까. 째깍째깍 호흡이 가쁘다. 비밀과 은폐, 폭로와 누설의 시나리오 한가운데 서 있는 것이 아닌가. 호흡을 가다듬고 어제와 오늘과 내일을 다시 써본다.

한밤중 어항 속이 끓고 있다. 물은 조금씩 줄어들고 산소 방울은 거세게 부글거린다.


## 2. 사랑하기에 좋은 날

맹인 남자가 지적 장애를 가진 여자와 짝을 이뤄 살아가는 경우를 종종 본다. 한 사람의 어둠이 다른 사람의 등불이 되는 이 조합에 대해 생각해본다. 지도자와 인도자 모티프는 신화에서도 종종 등장한다. 어린아이를 어깨에 메고 강을 건너는 거인 같은 것. 류머

티즘 환자와 알코올 중독자의 사랑은 서로 어루만질 수 없는 고독과 상처를 함께 짊어지고 가는 이상하고 괴로운 방식이었다(권여선, 「봄밤」). 각종 장애와 병증, 실업과 곤궁, 부적응과 파탄에도 불구하고 함께 죽음을 향해 걸어 들어가는 이 삶을 아름답다고 말할까, 끔찍하다고 말할까.

'더불어' 함께해야 할 것들이 있고, 함께해도 좀처럼 풀리지 않는 것들이 있어서 지팡이도 팔짱도 필요한 것 같다. 대책 없는 삶 속에 주어지는, 뚝 떨어지는 무엇이 있다면 그것과 눈 맞추는 것만으로도 이 생은 의미가 있을까. 우리의 의지와 상관없이 길고 추운 겨울이 물러나고 봄이 올 것이다. 봄밤 누군가에게 등이나 어깨, 팔을 빌려줘보는 것은 어떨까. 허리가 작살나고, 고통에 몸부림치게 되고, 짜증이 피어오르더라도 말이다. 삶은 얼마간 잔인하다고 말하고 싶다.


## 3. 우리가 사고파는 것들

개러지 세일이라는 게 있다. 제 집 앞에 쓰던 물건들을 늘어놓고 사고파는 것을 말한다. 가구와 옷, 장신구와 책 등이 비교적 싼 값에 오간다. 집을 새로 꾸며서, 이사를 가야 해서, 휴가비를 마련하기 위해. 처분의 이유는 각각일 것이다. 중고도 개의치 않을 사람들이 필요에 의해, 호기심이 생겨서, 재미로 구입할 것이다. 집이 통째로 여기에 나오면 사람들은 안으로 걸어 들어가 무엇이라도 들고 나올 수 있다. 대개 혼자 살다 죽어간 노인들의 집이고 처분 직전의 일이라고 한다. 우리 정서에는 좀처럼 맞지 않는 것일 테지만 가난한 유학생, 동양인 노동자들이 애용한다는 말을 들은 바 있다. 내력과 손때가 묻은 남의 물건을 내 삶의 공간에 들여놓는 맛은 새 물건을 살 때와는 또 좀 다른 것 같다. 거래되지 않는 것들 때문에 분노와 혐오, 걱정과 불안에 시달리는 것이 또 사람인 것도 같다. 같은 이유로 위로와 평안, 안식과 평화를 느끼는 사람들도 있을 것이다(은희경, 「T아일랜드의 여름 잔디밭」, 『다른 눈송이와 아주 비슷하게 생긴 단 하나의 눈송이』, 문학동네, 2014).

누군가는 몹시 쓸쓸하고 허망하다. 그 빈속을 누가 채워줄까. 눈코 뜰 새 없이 달려가는 사람들의 뒷일은 누가 책임질까. 터널을 지나며, 벽 앞에서, 철탑 위에서 맞이하는 하루에 대해서 생각해본다. 내가 다 생각할 수 없는 거래의 각종 방식에 대해서, 오고가는 무정형의 것에 대해서.


### 4. 썩은 사과는 해골과 같다

썩은 사과는 해골과 같다(폴 세잔, 〈슬픔의 피라미드〉). 죽음의 물이 거기에 고인다. 그 물로 목을 축일 수 있고, 목을 축인 후 우리가 할 수 있는 말은 무엇인가. 죽음을 향해 기어들어가면서 기억은 잔인하게 몸을 뒤튼다. 변형과 왜곡 속에서 위로받는 것일까. 한때 사건이었던 그것. 사과의 붉은빛은 어디로 사라진 것일까(폴 세잔, 〈기

쁨의 피라미드〉〉

### 5. 노동이 자유를 만든다

어떤 말들은 상황에 따라서 참이었다가 거짓이 되기도 한다. 유대인 수용소에 번듯하게 걸려 있었다던 "노동이 자유를 만든다"는 말. 죽음을 향한 노동만이 허락되었던 수용소 안에서, 일을 하면 자유로워진다는 평범한 이 말이 담고 있는 조롱과 냉소는 가슴을 먹먹하게 만든다(안규철, 『아홉 마리 금붕어와 먼 곳의 물』, 현대문학, 2013). 대체로 시는 말을 다루고 소설은 상황을 다루는 것 같다. 오전에는 집안일을, 아이들이 돌아오기 전까지는 원고 작업이나 간단한 일처리를, 저녁에는 함께 상을 나누는 고되고 지루한 이 생활의 반복 속에서, 숨쉬고 자세를 바꾸는 것조차 빡빡한 상황 속에서 늦은 밤 스탠드의 각도를 조정하여 말을 씹고 상황을 엿본다. 지극히 사적인 의미에서 위안을 얻는다.

숙면은 오래가지 않는다. 새벽 어스름 스탠드의 각도를 다시 조정해본다. 읽고 쓰고 생각하는 일은 자꾸 나를 내 삶에서 벗어나게 한다. 내 안에 잠자고 있는 다른 호흡들을 꺼낸다. 결핍과 두려움, 모순과 불합리, 시대와 분배에 대해 묻지 않는다면 "노동이 자유를 만든다"는 잔인한 농담이 그치지 않을 것이다. 역사적 사건으로서의 수용서가 현대 사회 전체로 확산되었다는 진단은 이미 오래되었다.

그러나 여전히 나는 쏟아지는 빗줄기, 말라비틀어진 빨래, 컨테

이너 박스 같은 데 눈이 먼저 간다. 호퍼처럼 "아마도 나는 인간성이 모자라는지도 모르겠다. 나는 집 위로 쏟아지는 햇빛을 그리고 싶었다"라고 고백해야 할지도 모르겠다(롤프 귄터 레너, 『에드워드 호퍼』, 마로니에북스, 2005). 그러나 이 빛은 자연과 문명에 대한 사유에서 비롯되어 정교하고 반성적으로 짜여 있으므로 그는 인간성에 충실한 셈이다. 말과 상황을 창조하는 문학이 노동의 한 방식으로서 자유를 만들 수 있다면 그러한 방식이지 않을까.

# 삼십대는 고유하다

— 서른을 말하다

 

삼십대에 들어서면 마음이 좀 편안해진다. 이십대의 불안과 가능성이 다소 줄어든다고 해야 할까. 십대에는 세상을 바꿀 수 있다고 믿었고 이십대에는 나 자신을 바꿀 수 있다고 믿었지만 삼십대에 들어서면서 그런 믿음을 갖지 않게 되었다. 나이 서른이 되면 누구나 자신이 천재가 아니라는 사실을 받아들이게 된다. 다만 자신의 삶을 위해 무엇을 할 수 있는지 고민하게 된다. 자신에게 맞는 좀더 작은 정원을 갖게 된다는 점에서 서른도 나름대로 괜찮은 나이다. 정원의 아름다움은 규모에 있는 것은 아닐 테니까. 어떤 면에서 불안과 가능성이 적기 때문에 더 큰 사고를 칠 수 있는 나이이기도 하다. 여태까지 해오던 걸 과감히 벗어나 새로운 일을 할 수 있는 마지막 나이이기도 하고, 더 늙기 전에 나이를 잊고 이상한 걸 도전해볼 수 있는 나이이기도 하다. 안정된 직장을 그만두고 여행을 떠나거나 돈도 안 되는 딴따라가 되기로 작심하기도 한다. 자신에게 더 주목할 수 있는 나이가 삼십대다. 자신을 부풀리지 않고 자신이 하고 싶은 것만 고요히 바라볼 수 있는 나이.

삼십대에도 십대 같은, 혹은 이십대 같은 사람들을 종종 만나게 된다. 그들에게 십대나 이십대의 가능성이나 희망은 없어도 여전히 그들은 불안함을 안고 있다. 나는 그들의 우울과 조울을 좋아한다. 더 나은 삶을 향한 발걸음에서 오는 불안 같은 것 말고 다른 종류의 불안이 그들에게 있다. 여전히 이 세계와 자신을 믿을 수 없다는 듯이, 혹은 너무나 명명백백해 보이는 이 세계에서 느끼는 모호한 불안 같은 것 말이다. 그들은 삼십대인데 여전히 십대처럼 흔들리고 이십대처럼 타오른다. 그들은 자신의 나이를 잊고 자주 이 세계의 골목에 외롭게 서 있다. 혼자서 비를 다 맞고서.

추운 겨울 포장마차에서 어묵을 간장에 푹 찍어 먹어도 풀리지 않는 시린 가슴이 삼십대에게 있지만 삼십대는 비교적 덜 외로운 나이다. 삼십대는 부산하다. 자신의 정원에 많은 사람들이 드나든다. 위아래로 챙겨야 할 사람들이 많다. 친구나 가족들이 관심과 위로를 수시로 요구한다. 삼십대들이 해야 할 일 중 하나가 안부를 묻는 일일 것이다. 아이들을 키우고 부모를 보살피고 형제자매, 친구와 동료, 선후배 들을 챙기고, 자신의 안부를 전하고 그들의 안부를 묻는다. 계절마다 기념일, 절기마다 명절, 아침저녁으로 찬바람 더운 바람. 길 위의 사건, 사고. 안부를 묻는 일에 게으르면 철없는 삼십대가 되기 쉽다. 안부 전화와 신용카드와 선물 상자와 함께 삼십대를 보내게 되는 이유가 있다.

삼십대가 되면서 나도 모르는 사이 신문이나 뉴스, 시사 프로그램 같은 걸 더 많이 보게 되었다. 더 꼼꼼히 챙겨 읽으며 더 심하게 욕하게 되었다. 사회 참여가 더 활발해지거나 그것으로부터 슬슬 염증이 나기 시작하는 나이가 삼십대이기도 하다. 나는 두 타입의 친구들을 본다. 자신만을 돌보거나 자신을 빼놓고 돌보는 사람. 나는 두 가지 모두 불편하고 힘들다. 나 자신과 나의 가족만을 위해 살아가는 삶에는 평범하고도 단순한 진리가 있지만 시선을 바깥으로 돌려 함께 살아가는 것에 대해서도 고민할 필요가 있어 보인다. 반면에 자기 자신의 모든 욕망이 거세된 것처럼 보이는, 봉사와 운동만으로 자신의 삶을 꾸리는 사람들에게는 휴식이 필요해 보인다. 그들의 얼굴이 너무 상해서, 그들의 마음이 너무 단단해서 지켜보는 내가 상처받는다.

서른은 사랑하기 좋은 나이다. 아니 연애하기 좋은 나이다. 무턱대고 사랑을 믿는 나이가 아니다. 관계를 이해하고 조율한다는 점에서 연애의 적기다. 직업도 있고 소비도 있고 사람도 있다면 삼십대는 그럭저럭 행복할 수 있는 시기다. 그런데 꼭 그럴까. 이 땅의 삼십대는 아직도 이십대처럼 아무것도 가진 것이 없다. 진정 가난하게 흔들리는 삼십대들은 위험하지만 그들로부터 새로운 삶의 형태들이 떠오르기도 한다. 우리의 삶의 스타일은 좀더 개발될 필요가 있는 것 같다. 자신만의 독특한 삶의 스타일을 구축하는 삼십대들이여 파이팅.

삼십대에는 죽음을 목격하게 되지만 그 자신의 죽음을 상상하기에는 아직 이른 나이다. 갑자기 혹은 서서히 곁을 떠나는 사람들. 조문을 가서 똑같은 음식을 나누지만 매번 죽음의 맛과 색은 다르다. 종종 갑작스러운 죽음 앞에서 우리는 할말을 잊는다. 사라진 이들은 차츰 잊혔다가 일상 속에 불쑥 떠오르기도 한다. 죽음은 언제나 너무 이르다. 그 죽음을 받아들이기에 삼십대는 아직 미숙하다. 죽음은 시신 앞에서도 믿기 힘들고, 불쑥 떠오르는 사람은 지우기 어렵다.

삼십대의 가장 중요한 것은 그들이 이십대와 사십대의 중간이 아니라는 점이다. 삼십대는 고유하다. 삼십대는 무엇의 중간이 아니며, 무엇의 과정이 아니다. 기억의 놀라운 힘을 믿고 미래의 기적을 믿지만 나는 삼십대의 한가운데 있는 모든 사람들이 지금 바로 이 순간에 집중하기를 바란다. 지금의 슬픔과 고요, 기쁨과 행복 같은 게 있으면 말이다. 지금 나는 삼십대 중반에 우두커니 서 있다.

# 아버지와 나 1

— 기호와 취향은 어떻게 만들어지는가

내가 아는 어떤 사람은 풋고추와 과일은 거의 먹지 않는다. 또 어떤 사람은 오이와 복숭아는 먹지 않는다. 내가 아는 사람들은 대개 비린 생선과 닭 껍질은 싫어한다. 나는 그런 면에서라면 대충 모든 걸 다 먹고 소화시킨다. 아버지는 생선 내장을 좋아하시고 특히 젓갈과 된장 마니아다. 나물과 과일도 남들 두 배로 드신다. 아버지의 영향이 큰 것 같다. 나도 비리고 냄새나는 걸 좋아하고 많이 먹는다. 아버지와 나의 공통점이 또 있다면 그건 지나치게 깨끗이 씻는다는 것이다. 너무 깔끔을 떠는 바람에 피부가 종종 상하기도 한다. 아침저녁으로 많은 물을 소비하고 여러 차례 옷을 갈아입는다. 먼지가 앉지 못하도록 들락거리며 닦고, 물건들의 오와 열을 맞추기 좋아한다. 아버지를 떠나 살면서, 나는 그것이 지나치다는 것을 알기 시작했고 지금은 많이 나아졌다. 먼지도 더러움도 잘 참고, 덜 씻고 덜 갈아입는다. 하지만 물건들의 제자리를 찾아주는 일은 참기 힘들 때가 종종 있다.

또다른 공통점이 있다면 말을 거의 하지 않는다는 점이다. 아버지도 나도 말하기 싫어한다. 그냥 생각하고 바로 행동하는 타입들이다. 구구절절 설명하는 것도 설명을 듣는 것도 싫어한다. 알아서 척척, 뭐 그런 걸 선호하는 좀 피곤한 사람들인 셈이다. 무뚝뚝하고 과격한 배우자를 둔 까닭에 어머니와 내 남편은 아주 피곤해한다. 가끔 정말 필요한 말이 있다면 아버지도 나도 말을 아주 잘한다. 꼭 필요해서. 말은 천냥 빚을 갚는 데 쓸 수 있기는 한 것 같다. 어머니는 한없이 부드럽고 섬세하게 말하며 내 남편은 다정하고 따뜻하게 말한다. 말뿐일 때가 있거나 말이 앞설 때가 있지 않은가 의심스러울 때는 싸움이 난다. 아버지와 나의 차이는 주량뿐이다. 소주 반 병이면 아버지는 끝나지만 내게는 더 많은 술이 필요하다. 아버지는 여러 번 바닥에 뻗어버린 딸을 못 본 척했다. 요즘은 건강 때문에 술은 물론이고 그 좋아하던 담배도 끊으시고 날마다 운동하시지만 빠르게 늙어가고 있다. 소식과 식초만이 살길인 것처럼 유행을 따르는 아버지가 낯설고, 늘 하던 것과는 다른 것을 시도할 때 나는 마음이 덜컥 내려앉는다.

아버지와 나는 원하는 건 끝까지 좇아서 무엇인가 건져오지만 사실 두려움이 많다. 낯설고 새로운 걸 싫어한다. 한곳에서 살고,

같은 걸 먹고, 같은 시간에 운동하며, 똑같은 길을 오가는 걸 좋아한다. 하던 걸 하고 계속하기를 바란다. 수첩에 계획을 세우고 그대로 움직이고 어긋나는 것에 대해 반성하기 좋아한다. 일이 생기면 알람 시계보다 먼저 깨서 알람을 잠재우고, 중요한 약속을 앞두고 극도로 긴장하며, 새로운 일을 시작할 때 스트레스를 받는다. 나는 아버지가 맨주먹으로 상경해서 어떻게 먹고살았는지 신기할 따름이다. 그래서 더 그런 것 같기도 하다. 이것저것 하며 떠돌았던 삶의 고단함 같은 것 말이다. 자라면서 여태까지 들었던 아버지의 이력을 곰곰이 따져보면 직업이 대여섯 개는 되는 것 같다. 밝히고 싶지 않으면서 자식들에게 다 들켜버렸다. 양잿물로 고기판 닦기, 골목길에 서서 〈스와니 강〉을 연주하며 오르간 판매, 전자 부속품 납품하다 사업 실패 및 한강 투신 불발 등등. 이후 건설 붐과 부동산 특수 덕분에 나는 편안하게 공부할 수 있었지만 똑같은 이야기를 백번쯤 들어야 했다. 고난과 역경을 극복하는 스토리는 영화처럼 매번 똑같이 반복되었다. 살날이 얼마 남지 않았다는 두려움과 불안 때문인지 요즘은 짜증과 신경질이 느셨고 자식들에게 더 냉담해지신 것 같다. 스펙터클한 성공의 시나리오를 보여주지 않는 자식들이 마음에 들지 않으시나보다. 가족들 모두 어쩌지 못해 냉전 중이다. 아주 평범하고 일상적인 대립인 것도 같지만 화목하게 지내지 못하는 것이 안타깝다. 부모님은 자꾸 늙으시고 자식들도 함께 늙어가니까.

딱 한 번 아버지를 졸업식에 모시고 가서 사각모를 씌워드렸고 중국집 코스 요리를 먹었다. 그저 그날 하루만은 중졸 아버지가 박사 딸을 둔 즐거움을 누리셨으면 해서였다. 기뻐는 하셨지만 점심을 드시고 나서 서둘러 증권거래소로 가셨다. 나는 그 반복되는 일상을 누리는 아버지가 다행스러웠다. 너무 감격에 겨워 체라도 하셨으면 정말 올컥했을 것 같다. 여하튼 열거하자면 더 많다. 아버지와 나는 예민하고 마음이 여리다. 아버지와 나는 감정 기복이 심하고 고집스럽다. 아버지와 나는 물건값을 잘 깎고 덤을 좋아하고 통장이 여러 개다. 성격과 감정 처리 방식은 물론이고 목소리와 체취까지도 닮았다. 나는 아버지가 무섭고, 얼마간 아버지를 미워한다. 내가 나 자신을 극복하는 일이 내 부모를 극복하는 일과 다르지 않다는 사실이 두렵고 부끄럽다. 텔레비전이나 신문 대신 영화나 소설을 본다는 것은 근원적 차이 같지 않다.

내 시의 대부분은 부모에게서 왔다. 아버지의 복사판인데다 어머니를 사랑한 데서 나의 모든 괴로움은 시작되었다. 내가 어찌 시를 쓰고 있지만 내 부모가 나처럼 배웠다면 나보다 무엇이든 더 잘하셨을 것 같다. 부모가 다 하지 못한 말이 내 핏속에 흐르고 있다니 조금 억울하지만 성실하게 적어내는 수밖에.

# 아버지와 나 2

　끔찍한 더위다. 천변에 나와 앉아 있으면 더운 바람이 불다 말다 한다. 흙빛 강물은 제 갈 길을 아주 잘 아는 것처럼 흐른다. 코스모스가 어지럽게 피어 있는 길을 표정 관리도 못하고 걷고 있는데 아버지를 만났다. 한강에서 중랑천으로 빠져나와 청계천에 이르는 길은 하루에 걷기 제법 먼길이다. 타월을 목에 하나 두르고 운동중인 아버지를 만나는 것이 반갑기도 하고 아니기도 하다. 날씨 얘기로 안부를 여쭈면서, 에어컨 하나 장만하시라고 했더니 "정신없는 소리" 하신다. '근검절약'은 아버지 사전의 맨 앞에 새겨둘 만하다 (최근에야 손주들을 위해 구매하셨다). 다음 페이지는 '강한 정신력'쯤이 될 것 같다. 아버지가 무섭고 싫어서 일찍 결혼해 집을 떠났지만 그건 결국 내 집에 또다른 아버지를 만드는 셈이었다. '없는' 아버지가 더 무서운 법이다. 나는 내면 깊숙이 아버지를 모방하고 있었다. 아버지보다 더 아버지스러운 나를 발견하고는 한다. '청결 위생 안전 제일'이라는 세번째 페이지에서 아버지와 나는 다소 갈라지지만 말이다.

백석의 시 중에 「오리 망아지 토끼」가 있다. 오리 망아지 토끼가 등장하는 짧은 시다. 날아가는 오리 보며 울고(1연), 망아지 내놓으라고 조르고(2연), 토끼를 잡으려다 놓친다(3연). 날아가고 놓치고 없는, 오리 망아지 토끼에 대한 기억 속에는 꼭 '아버지'가 있다. 올가미를 놓는 아버지, 망아지야 오너라 외는 아버지, 토끼굴 한쪽을 막는 아버지. '나'는 오리 망아지 토끼를 잡던 '나'이기도 하고, 아버지를 기억하는 '나'이기도 하다. 백석은 기억의 힘으로 한 시대의 간난신고를 견디었던 것 같다. 자신의 과거를 부정하면서 미래의 영광을 기대하는 모순된 현재를 살아가는 것이 근대의 시간이라면, 백석은 그에 맞서 낡고 하찮은 것들을 낱낱이 호명하면서 '오래된 새로움'을 찾아냈다. 백석의 어린 화자들은 미래의 어린 화자에게 다정하게 말을 건네고 있는 셈이다. 어린아이들은 언제라도 아버지를 따르고, 조르고, 미워하고, 그리워한다.

사람은 누구나 제 부모를 모방하고, 미워하고, 사랑하고, 기억한다. 그리고 진화의 이상한 고리에 빠져들어 그 자신이 부모를 대리한다. 나는 온전히 나인 것 같고 나의 개성은 나로부터 비롯된 것 같지만 정말 그런가. 부모님을 닮은 나는 어떤 모습인가, 정말 이래도 좋은가 생각해본다. 부모로부터 독립하지 못한 인물들에게 애정을 가지고 있었던 히치콕을 나는 좋아하지만 그 영화 속 인물들까지 좋아할 수는 없다. 어머니 노릇을 하는 사이코 노만 베이츠는 끔찍하고, 정체를 알 수 없는 새들이 머리통이나 눈알을 쪼는 것은 무섭다. 더 무서운 것은 현기증이 나도록 자신을 미워하고 억압한다는 점이다.

심정적으로 경제적으로 마구 엮여 있어서, 한국 사회에서는 부모도 자식도 다 함께 독립하기를 주저한다. 뜨겁고 끈끈한 피가 정말 문제인 것 같다. 그 온기와 끈기를 거부했다가는 짐승 취급 당하기 쉽다. 평범한 가족 안에도 문제는 언제나 있어서 그 문제가 바로 가족 형성의 근원이 아닌가 싶기도 하다. 가족을 문제적으로 만든 것은 어쩌면 도시적 삶과 시장주의인지도 모르겠다. 가족과 함께 보낼 시간과 에너지를 몽땅 **빼앗긴** 채 살아가고 있는데 이 사회는 거꾸로 가족 이데올로기를 강조한다.

가족 자체를 부정하고 싶은 생각이 내게는 없다. 어린 시절 통장과 노트북을 챙겨 가출하려 했던 내가 지금 생각해보면 우습다. 가족은 내 안에 있지 내 밖에 있는 것이 아니다. 내 안에 내가 없다는 사실이, '고아'라는 말의 무서움인 것 같다. 고(孤) 자의 오이 과(瓜) 자가 나는 손톱 조(爪) 자처럼 보인다. 손톱이 들어 있으면 정말 그 글자가 외로워 보일 것 같다. 외로움은 내게 맨바닥을 손톱으로 긁는 이미지다. 어린 자식의 여린 손톱을 깎아주고, 다 늙은 부모의 두꺼워진 손톱을 깎아주며 사는 것이 좋다. 아이의 손톱은 너무 가늘고 약해서 종이를 오리는 것과 같고 부모의 손톱을 깎자면 거의 부러뜨리는 수준이다. 그러나 역시 손톱이나 깎자고 인생을 함부로 살 수는 없다. 손톱 깎으며 좀 덜 외롭자고 내 가족만을 생각하며 살 수도 없다.

누구나 자기 안에 '아버지'를 가지고 있다. 이 '아버지'는 내 안에서 '나'를 기르고 있는 '나'의 그림자이다. 아버지를 잘못 세웠다가는 자신뿐만 아니라 다른 사람들에게도 끔찍한 고통을 줄 수 있다. 당신이 꿈꾸는 영웅적 아버지의 손에 망치와 칼이 들려 있는 것은 아닌가. 우리 사회가 어떤 모델을 설정하고 숨가쁘게 달려가고 있는가 생각해봐야 할 것 같다. 어디서 많이 본 듯하고, 어디서 한번은 겪은 것 같은 기분이 들 때 자주 브레이크를 걸어야 한다. 언제까지나 어린아이처럼 부모의 옷이나 장신구를 가지고 놀 수는 없지 않은가. 창조적인 놀이에 몰두할 것. 아버지와 조금 다른 나를 만날 기회를 만들며 살고 싶다. 두렵지만 '아버지'와 다른 '나'를 내게 선물해주고 싶다. 그게 미래의 아버지들에게 내가 할 수 있는 유일한 일인 것 같다.

끔찍한 더위다. 올해는 추위도 만만치 않을 것 같다. 우리를 괴롭게 하는 건 계절이나 계절의 변화만은 아닌 것 같다.

# 닭장차에 꽂힌
# 통배추 이파리처럼

알록달록한 젓가락을 사다가 잠에서 깼습니다. 가슬가슬하면서도 매끄러운 나무젓가락의 감촉이 손바닥에 그대로 남아 있는 것 같습니다. 어느새,

어항이 물풀로 가득찼습니다. 텅 빈 어항을 더 좋아하는데 말입니다. 아주 작은 새우들만 키웁니다. 새우들은 잘 보이지 않습니다. 물풀에 매달려 있기를 좋아합니다. 어렸을 때는 집채만한 고래나 우리 은하 어딘가에 존재할 외계인에 대해 생각했습니다. 빛의 속도로 달리면 과거의 나와 미래의 내가 만나 악수할 수 있을 거라고 믿었습니다. 그 믿음은 개에게 준 것 같습니다.

정말입니다. 아 눈물이 나는군요.

요즘은 집안에 모서리를 없애는 일을 합니다. 가구 모서리에 쿠

션을 덧대고 구석구석 먼지를 닦아내지만 어린것들은 꼭 제 이마를 찍고 멍을 훈장처럼 매답니다. 고사리 같은 손으로 숨은 먼지를 잘도 긁어먹습니다. 아이들이 긁어먹는 것은 먼지만은 아닌 것 같습니다. 제 영혼이 긁히는 소리가 납니다. 많은 사람들이 제 안의 모서리까지 없어질까봐 걱정입니다만 저는 요즘 걱정할 시간도 별로 없습니다.

오늘 들었던 가장 인상적인 말은 '물리적으로'였어요. 의사는 영양제 이백 밀리짜리를 맞으라고 했습니다. 삼백 밀리 링거액은 물리적으로 불가능하다고 했습니다. 병원 문 닫을 시간이 됐으니까요.

아, 그래요. 문은 닫아야 합니다.

얼마 전에 큰아이가 잠꼬대를 했습니다. 설움이 북받쳐오르는 목소리로 내가 문을 만들었는데 왜 그 문을 엄마는 동생에게 주었지, 라고 말했습니다. 뭔가 '물리적으로' 큰 잘못을 한 것 같았습니다. 그 문은 어딜 향해 열려 있었던 것일까요.

물리적으로 가능한 링거액을 맞고 나와 병원 앞 수제 돈가스집에 들어갔습니다. 영업 시간이 이십분 남았으니 저녁식사는 (물리적으로) 가능하답니다. 낙지볶음밥을 시켰습니다. 매워서 거의 못 먹고 양배추 샐러드만 두 접시 먹어치우고 나왔습니다. 버스 정류장에 서서 할 것이 아무것도 없었어요. 매운 입술로 잘하지도 못하는 욕을 해보는 수밖에.

버스를 기다리는 수밖에.

닭장차에 꽂힌 통배추 이파리처럼,

생생한 욕을 잘해보고 싶습니다.

얼마 전 지하철에서 어떤 남녀를 보았어요. 한 남자는 계속 욕을 해댔고, 한 여자는 눈이 풀린 채 멍하니 허공을 응시하고 있었습니다. 그들이 나를 향해 욕을 한 것도 아니고 나를 째려보고 있었던 것도 아닌데 나는 어쩔 줄 몰라 하며 허둥댔습니다. 서둘러 자리를 뜨려다가 지하철 문에 왼쪽 어깨를 심하게 부딪쳤습니다. 너무 아파서 눈물이 찔끔 났습니다. 스크린 도어에는 보기 좋은 어떤 작품이 씌어 있었는지도 모르겠습니다만 그런 걸 읽어볼 여유는 없었지요. 두 남녀는 제 그림자가 아니었을까요. 요즘 들어 아무데나 주저앉아 펑펑 울고 싶을 때가 많습니다. 이 삶에 대해 시위하듯이 말입니다.

아무도 상처주지 않았는데 저 혼자 상처받는 우울한 짐승이 되어버린 것일까요. 힐링은 유행이 되었습니다. 유행병을 앓고 있다는 것은 어쩐지 부끄럽습니다. 아무리 두들겨 펴도 너와 나는 같아지지 않는데 민주화는 그렇게 쉽게 되겠습니까. 씹다 버린 껌처럼 그렇게 아무데나 붙이지 않았으면 좋겠습니다. 이만 사천 명의 예술인에게 칠십억 가까이 지원된다는데 사실인지 잘 모르겠습니다. 저는 그 이만 사천 명 중의 하나인가요. 제 삶의 복지를 꿈꾸는 당신은 누구입니까.

오랜만에 만난 사람들과 생굴 한 접시와 동태탕을 먹었습니다.

술도 한잔 마셨습니다. 서로의 아밀라아제를 섞으며 이런저런 화제로 열을 냈습니다. 비정규직의 정규화는 노예 계약에 불과하다, 떨거지들은 완전 상거지 되는 거다, 뭐 그런 얘기들을 했습니다. 문학 얘기는 거의 하지 않은 것 같습니다. 화제는 썼지만 가까이 앉아 밥 먹고 이야기 나눌 사람들이 저는 필요합니다.

겁없이,

창조적으로 살아보겠노라고, 열심히 쓰겠노라고 했지만 그게 계획대로 되는 것이 아니라는 사실은 누구나 잘 알고 있을 것입니다. 지금 제가, 또 앞으로 제가 뭘 해야겠습니까. 친절하게 답해주십시오. 도망가는 저를 붙잡고 다독여주시길 부탁드립니다. 눈물이 나려고 합니다. 하하!

# 괜찮을까요

공원이나 천변에 산책하러 나가고는 합니다. 광장과 하천을 조성하고 재정비하는 것이 꼭 살기 좋은 세상을 만드는 일은 아니겠지만 가까운 곳에 산책할 수 있는 공간이 있다는 것은 나쁘지 않아요. 많은 철학자와 문인들이 걸으면서 자신의 사유를 구체화시키고는 했지요. 저는 아무 생각 없이 걷습니다만. 주로 중랑천변과 서울숲 공원의 사람들을 구경해요. 강물도 하염없이 보고 큰 나무도 작은 나무도 보고, 땅바닥도 잔디도 봐요. 제초제 냄새, 자동차 매연, 썩은 물내도 맡으면서. 그렇게 걷다가 잠시 나무 그늘 아래에서 쉬기도 합니다. 새들이 산딸나무의 붉은 열매를 쪼아먹다가 하나둘 툭툭 떨어뜨리기도 합니다. 떨어지는 열매를 맞으면 어쩐지 행운이 찾아올 것만 같습니다. 머리에 물컹한 새똥을 맞을 날도 있겠지만

요. 산책을 하는 건 대개 늦은 오후거나 밤일 때가 많습니다. 뉴스라도 보고 나서는 길에는 무거운 마음을 덜어내기 위해 더 열심히 걷습니다. 우리에게 시급한 것은 언제나 도심 공원 이상의 것이고, 잘 정비된 천변 이상의 것이라는 생각이 듭니다. 하루 한 시간에 감당하기 어려운 사건 사고들이 연일 발생하지요.

얼마 전에는 공원 한쪽에 마련된 곤충 표본실에 들렀어요. 살아서 겪을 수 있는 모든 일들을 조롱하듯 나비들이 아름다운 날개를 펼치고 있었습니다. 꼼짝없이 붙박여 있는 나비들에게 생기는 찾아볼 수 없었지만 크고 화려한 날개를 보고 있노라니 얼마간 황홀한 느낌이 들었습니다. 중남미와 아프리카에는 그들의 대륙 사이즈만큼이나 크고 아름다운 나비들이 훨훨 날아다니나봅니다. 그들의 고난과 고통 앞에 더 아름답게 주어진 자연은 참담한 것이겠지요. 고통과 고난의 크기를 운운하는 문명인의 시선도 썩 반갑지만은 않겠지만. 손바닥만큼이나 크고 바다보다 짙푸른 날개를 접었다 펼쳤다 하는 걸 보면 꿈속 같겠지요. 물론 곧 부서질 듯 약하고, 작고, 가벼운 토종 나비들도 사랑해요. 노랑나비 흰나비 동요 속에서 튀어나온 것 같은 나비들이요. 영혼이라는 말에 가장 잘 어울리는 몸은 나비인 것 같아요. 배추 잎사귀를 갉아먹는 애벌레들의 물컹물컹한 시간들이 어서 지나기를 기다렸던 어린 시절이 있었지요.

집안에 별안간 날아든 나비를 보면 신성해지는 기분이 들고는 하는데요. 마음이 약해져 있을 때는 더 그래요. 외할머니가 돌아가셨을 때 집안에 들어온 이상스러울 만큼 크고 검은 나방과, 시아버님이 돌아가셨을 때 창문에 딱 붙어 날아가지 않는 매미 같은 것이 그랬어요. 죽음이라는 저편에서 삶의 이편으로 보낸 커다란 눈빛 같았지요. 아직 이 세계를 떠나지 못해 들여다보고 있는.

곤충 등속을 이야기하려고 했던 것은 아닌데.

한 달에 두세 번은 엄마를 모시고 큰 병원에 다녀요. 지병인 고혈압 이외에 여기저기 아프신 데가 많습니다. 일 년에 한두 번씩은 쓰러지셔서 입원을 하시는 일이 생기고는 합니다. 병원에 그렇게 많은 진료과가 있는지 예전에는 몰랐어요. 몸도 약해지셨지만 마음으로부터 온 병이 많습니다. 그 많은 통증이 신경쇠약과 우울증으로부터 온 것이라는 사실을 안 것은 얼마 되지 않아요. 엄마는 고독했던 겁니다. 남편과 자식들이 자본의 충실한 노예가 되어가는 동안 말입니다. 에어로빅과 수영이 치솟는 혈압을 내리지 못했고, 계모임과 등산이 마음의 빈틈을 채워줄 수가 없었던 것이겠지요. 가족 내의 불화는 매우 평범한 것이었고 아무도 어쩌지 못했어요. 세상의 많은 자식들이 그렇듯, 자신의 부모님과는 화해가 잘 되지 않아요. 새벽에 울리는 전화벨 또는 연락 두절. 이런 것들로 제 신경도 과민해져 있어요. 엄마는 아빠도, 오빠들도, 친구들도 있지만 나를 가장 사랑하시는 것 같습니다. 저는 엄마를 많이 아프게 했고, 지금도 그런 것 같습니다. 아이를 갖게 된 후로는 부모님과의 관계에 대해 더 자주 생각하게 됩니다. 생명을 짓는 일이 죽음을 짓는 일과 같아서.

콩, 하고 처음 태동을 느꼈을 때 위로받는 기분이었어요. 괜찮아. 그러는 것 같았지요. 저는 확실히 낙관적인 데가 있는 모양입니다. 커다란 어항이 된 기분이었다가 과일바구니가 된 기분이었다가 그랬어요. 술도 담배도 없고, 카페인의 알싸한 맛도 밤샘도 없고, 밝아오는 창문도 새벽에 꺼지는 가로등도 없고, 달리기도 등산도 없는 시간들로부터 아이는 자라나고 있어요. 올챙이, 금붕어, 잉어, 가물치 크기로, 체리, 귤, 사과, 참외, 수박 크기로 점점. 이제 제법 사람 모양을 갖추고 활발하게 움직입니다. 꾸르륵 갸르릉 고양이를 품고 있는 것 같습니다. 아이들은 고양이처럼 이기적입니다. 아무때나 함부로 밀고 들어오겠지요.

내 몸속에 있지만 언젠가 떠나겠지요. 괜찮겠지요. 나도 너도. 또 우리도.

나는 아이들보다 아이들이 등교하는 소리를 더 좋아했습니다. 잠이 덜 깬 아침, 멀리서 들려오는 등교하는 아이들의 소리를 듣고 있노라면 다른 세계에 온 것 같았지요. 아이들은 새같이 맑고 곱고 다정한 소리를 냅니다. 그것도 떼로. 냄새나고 울고 물컹한 아이들을 좋아하게 된 건 조카가 생기고 난 후부터입니다. 여행중에 조카가 태어났다는 소식을 들었고 순간 가슴이 뭉클해졌지요. 이 세계에 전에 없던 새 생명이 태어나 발을 붙이고 나를 고모로 만들어주었습니다. 태어난 지 얼마 안 된 아이는 짐승의 붉은 덩어리처럼 보

였습니다. 아빠를 닮아 못생긴 아이를 들여다보고 있자니 퍽 사랑
스러웠습니다. '다해'는 할아버지가 삼십만 원을 주고 사온 이름입
니다. 예쁜 여자아이로, 검은 머리 검은 눈의 한국인으로, 똑똑하고
아름다운 여성으로 자랄 것입니다. 다해야, 부르면 까르륵 웃던 아
이가 이제는 제법 컸어요. 말을 배우기 시작해서 좋은 것과 싫은 것
을 구분하고 고모에게 예쁜 말들을 골라 합니다. 공룡 박사가 되고
싶답니다. 사랑스러워서 뜯어먹고 싶을 정도입니다.

　머지않아 다해도 말 안 듣고, 고집 피우고, 비딱하게 나오겠지
요. 그러다가 문득 자기 자신을, 자기 자신과 세계의 존재를 의심하
게 될지도 모릅니다. 나는 왜 다해인가. 그러다가 이유 없이 나 이
다해는 김아무개를 사랑한다고 믿게 될 것입니다. 순순히 아이의
자리를 내어주는 것은 생각보다 쉽지 않을 겁니다. 벼랑 끝으로 걸
어가는 사람의 뒷모습을 인내심을 가지고 쳐다보는 기분이 들겠지
요. 꼭 떨어져 죽지는 않더라도 말입니다. 자신을 찾아가는 오랜 시
간을 앞에 둔 아이들이 가엾지만, 그런 시간과 기회조차 갖지 못하
는 더 많은 아이들이 있습니다. 은평 천사원에 삼천 원, 유니세프에
만 원, 적십자 모금 오천 원. 관공서나 은행에 가서 동전 몇 개를 넣
는 일로 나는 그 많은 아이들과 이웃들을 잊으려고 합니다. 그리고
얼마간 잊힙니다.

　기억과 망각의 놀이 한가운데, 가끔씩 제 자신이 낯설어지고는
합니다. 내 몸속에 내가 담겨 있는 것이 한없이 이상스러워요. 날

마다 조금씩 다른 것이 담기는 것 같기도 하고, 담겨 있는 것이 조금씩 사라지거나 상하는 건 아닐까 의심스럽기도 합니다. 거울이나 사진을 보면 내 육체의 너무나 선명한 경계가 의식되어서 불편해지고는 하지요. 항상 그것은 내가 되기에 모자라거나 넘칩니다. 내 육체는 부끄럽거나 아름답지요. 그래도 나는 나라는 경계를 지우거나 찢어발기지는 않을 것입니다. 다만, 속으로 가만가만 생각하게 됩니다. 지금 나는 두 개의 몸이 하나다. 내 몸이 내 몸인 것만은 아니다. 당연한 사실을 어렵게 깨닫습니다.

뱃속의 아이와 내가 지금 그런 것처럼, 영원히 한몸인 것처럼 느끼며 살 수는 없겠지요. 나비의 양쪽 날개가 나란히 접히는 것과 같은 완벽한 일체감 같은 것은 언제라도 끝장나겠지요. 아이들이 언제나 사랑스럽기만 하겠어요. 내 젖을 먹고 살아남은 주제에 언제 그랬냐는 듯이 자신의 취향과 기호가 생겨나겠지요. 가벼운 분리 장애 같은 걸로 현기증이 날지도 모르겠습니다. 저처럼 엄마의 치마를 꼭 쥐고 오래도록 따라다닐지도 모릅니다. 엄마가 일보러 가면 화장실 문고리를 쥐고 기다릴지도 모릅니다. 냄새를 참지 떨어지는 건 못 참을지도 모릅니다.

큰 나비 작은 나비 날아오르는 이 세계에 또하나의 생명을 짓는다는 것이 어떤 의미인지 곰곰이 생각하고 있습니다만, 제대로 된 답을 찾기도 전에 아이는 뿅, 하고 나타나 밤마다 빽빽 울어댈 겁니다. 생각 같은 건 더 할 여유가 없을지도 모릅니다. 아, 시를 쓴 적이 언제더라 하며 내 인생을 놓고 한숨을 푹푹 쉬어대고 남편에게 바가지를 긁고 아픈 팔 다리 허리를 붙잡고 울지도 모릅니다. 정말 괜찮을까요?

여전히 굶거나 병들어 죽는 아이들이 많은 세계에서 우리 아이는 피둥피둥 살이 오를 겁니다. 과잉보호와 사교육에 길들여지겠지요. 겨누지 않아도 될 것을 잘도 겨누는 이 세계에서 살아남는 방법을 비싼 교육비를 지불하고 배울 겁니다. 복지가 아니라 인권 그 자체를 위해 여전히 투쟁하고 있을지도 모릅니다. 사실과 사실성을 구분하고 허울을 근사하게 포장할 줄 아는 능력도 갖추게 될 겁니다. 남을 기쁘게 하는 일이 저 자신의 기쁨이 되는 줄도 알겠지만, 자신의 더 큰 기쁨을 위해 다른 사람들에게 무관심해지는 습관도 들게 될 겁니다. 제 부모가 그랬듯이 말입니다. 제 부모를 부정하다 긍정하다, 부모 없이도 잘살아갈 겁니다. 죽음이라는 길 끝에 언제나 새로운 삶이 얼굴을 내밀고 있어서 자신을 위로하는 질문을 만들어낼 겁니다. 괜찮을까요, 묻게 될 겁니다.

## 2부

칸트와 슈퍼 쥐

# 시는
# 나만의 과학이다

시는 나만의 과학이다. 이보다 세계를 적극적으로 읽어내는 방법을 나는 알지 못한다. 그러나 시를 쓸 때 나는 '나'라는 안팎을 들락거리며 혼돈에 휩싸인다. 그것이 꼭 나인지 잘 모르겠다. 나와의 어지러운 만남이라고 해야 할까. 헤어짐이라고 해야 할까. 그런 움직임 속에서 이념이나 관념이 흐려지고 이제까지 못 보던 것을 새로 보게 되기도 한다. 알던 것에 대해 의심하고 회의하게 된다. 기호나 취향 같은 것이 생겨나기도 하고 없어지기도 한다. 플로베르가 그러했듯 인간과 사물을 벗어나기 위해(사르트르) 많은 이들이 글을 쓰는 것 같다.

그런데 불투명한 미래를 향해 서툰 발걸음을 내디딜 때 시의 언어는 사람보다 먼저 움직인다. 사람이 부리는 것이 언어가 아니라 언어가 부리는 것이 사람이랄까. 언어는 어찌할 수 없이 구조를 만들어내지만 어떤 구조도 세상의 모든 시를 다 담아내지는 못할 것이다. 아직도 많은 사람들이 미지의 시를 쓰고 있다. 그건 우리를 억압하는 구조를 잠식시키기 위한 무언의 협약인지도 모르겠다. 시쓰기의 출발은 지극히 개인적인 데 있지만 언어는 바깥을 향해 자꾸 뻗친다. 나 역시 작품이 집단의 운명을 일으킬 수 있다(하이데거)고 믿는 편이다.

시인은 현실의 구속에서 벗어나길 원하지만 역설적으로 억압을 만들어내는 것도 언어이다. 구속이 없는 상태란 불가능할 것이다. 그 안에서 자유 의지를 행사하는 방법에 대해 고민해본다. 그러한 지향에는 언어가 깊이 개입될 수밖에 없다. 그런데 우상을 파괴한 자리에 또다른 우상이 만들어지는 황당함과 허무를 견뎌야 하며, 그토록 벗어나고자 했던 굴레에 도로 갇히는 자신을 종종 바라봐야 한다. 막막함에 길을 잃기 일쑤다. 그러나 부정이라는 커다란 긍정을 위해, 복원이 아니라 창조를 위해 시의 언어는 다시 움직인다.

기술과 자본으로 형성된 이 시스템이 정말 누구를, 무엇을 위해 작동하는 것인지 묻는 일은 너무 순진한 것이겠지만, 이 질문을 포함하지 않은 결정과 행위가 얼마나 많은 사람들을 공포에 몰아넣고 있는지 반성이 필요한 것 같다. 성숙하지 못하다면 정직해야 할 시점인데 여러모로 인간되기는 쉽지 않다. 인간된 자의 운명을 포기하지 않고 나아가기 위해서는 서로 손을 잡아야 하는데 누구의 어떤 손을, 어떻게 잡아야 하는 것일까. 필연코, 단연히 해야 할 일이 삶에는 있고, 시쓰기에도 그런 조건들이 있는 것 같다. 시쓰는 양심을 지켜가는 것도, 사는 일도 너무 어렵다.

# 시가
# 훔친 것

### 시의 입술

드물게 시의 쓸모를 실감한 순간이 있었다. 친구 결혼식에서 「내가 당신의 가족이 되어드리겠습니다」를 읽었다. 시낭송을 좋아하지 않지만 그날은 축하하는 마음으로 정성껏 읽었다. 내가 내 시를 그렇게 열심히 읽은 건 처음이었다. 오랜 유학 생활 동안 내 첫 시집으로 향수를 달랜 친구였기 때문이다. 열 번 스무 번 되뇌어도 알 수 없는 말들이었지만 위로가 되었다고 했다. 이국의 차가운 공기 속에 떠돌았을 내 말들과 친구의 입술을 생각하면 참 미안하다. 나는 이 미안함이 시의 쓸모 혹은 쓸모없음과 묘하게 닿아 있다고 생각한다. 사실 내가 낭송한 시는 나와 당신 사이의 간극, 한 사람이 다른 사람에게 결코 이를 수 없다는 생각에서 촉발된 시인데, 결혼식 축시로 읽게 될 줄은 몰랐다. 의도나 의미와는 상관없이 신랑 신부 모두 좋아했다. 그래서 더욱 미안해졌다. 내가 당신의 가족이 되어드리겠습니다, 얼마나 다정한 속삭임인가. 그러나 시는 다정한 속삭임과는 거리가 멀다. 차가운 공기 속에 주인 없이 떠도는 것이 시의 운명이 아닐까.

그러나 시가 그렇게 우아하게 사라지도록 가만두지 않는다. 문학 작품이 학습에 의해 재생산되고 개성도 제도권 안으로 흡수되어 관리되는 것 같다. 다른 시인의 시를 학습하고 모방하는 일은 문단을 지루하게 만든다(때로 이 지루함이 문단의 동력인 것 같기도 하다). 시는 훨씬 더 향기롭고 다양한 냄새를 풍길 수 있어야 할 것이다. 시가 하나의 상품으로 유통되는 것도 나쁘지는 않지만 안전한 일탈만을 즐기는 서정시가 가장 먼저 자신을 파괴할 것이다. 미원으로 혀를 학대하는 것처럼 뻔한 맛으로 시를 괴롭혀서는 안 될 것이다. 가장 절실한 문제에 자신의 입술을 빌려줄 것. 그리고 자신의 입술을 의심해볼 것.


나의 의문과 너의 의문이 겹치고

나는 횡단보도 신호등 앞에서 길을 잃은 적이 있다. 친절하게 방향 지시등까지 켜졌는데 어디로 가야 할지 몰랐다. 그 자리에 나는 오래 서 있었던 것 같다. 그곳에 나의 발이 있었는데 참으로 떠나고 싶은 발이었다. 이상한 감정에 휩싸였지만 곧 그런 감정조차 의심스러워졌다. 종종 무생물에게도 기분이나 감정이 있다고 착각하게 되었다. 심하게 구겨진 청바지를 보고 위로 비슷한 걸 받은 적이 있다. 아주 사소한 사물로부터 혹은 일상의 순간으로부터 시는 시작되는 것 같다. 접시 위의 사과를 보면서(나희덕, 「새는 날아가고」) 자신의 심장을 물고 훌훌 날아가는 새를 보게 된다. 마을버스를 타고 가다가(김영승, 「그리운 내 8번」), 또는 자장면에 단무지를 곁들여 먹고 나오면서(박순원, 「늦가을」) 삶의 무게를 짊어진 질문들을 단번에 쏟아내기도 한다. 장례식장의 커피처럼 무겁고 은은하게 솟아나는 의문들(심보선, 「의문들」)은 삶과 죽음을 동시에 겨냥한다. 나의 질문과 너의 질문이 겹치고 우리는 즐겁게 굴러간다.

때론 남의 나라에 가서 한국어 시가 폭발하는지도 모른다. 나와 내 나라의 가난을 욕보이는 체리 밭의 끔찍한 아름다움을 목격하기도 하고(최정례, 「바람둥이가 내 귀에」), 폭풍 속에 여관 하나를 열었다 닫기도 한다(허수경, 「폭풍여관, 혹은 전투 전야」). 나는 여행중에 양고기를 먹으면서 아오시마 히로코를 생각한 적이 있다. 양을 통해서 돌아오지 않는 흐름 속의 물 한 방울(「나를 양이라고 부르지 마」)을 노래하는 시선이 굉장히 고요하면서도 파괴적이랄까. 본질적으로 양이면서, 양이기를 거부하는 한 마리 요동치는 핏덩어리를 목격하게 되었다고 할까. 히로코는 한 마리 양을 통해서 세계를(어쩌면 일본의 제국주의를) 이해할 수 있었던 것 같다.

개미 죽이기

시를 쓰는 것을 무능력이라 할까, 비능력이라 할까. 시인은 이 세계의 구멍과 허당과 빈틈을 엿보면서 절름거린다. 자신이 던진 질문에 답하지 않기 위해 혹은 더듬거리기 위해 시인의 발이 태어났다. 나이키도 아디다스도 그 발을 감당할 수 없다. 모호한 말과 서툰 몸짓은 별 쓸모없는 일이지만 시인의 무능력 또는 비능력은 때로는 위협적일 때가 있다. 아무도 하지 않는 일에는 그만한 이유가 있는데 시인들은 그것을 아무렇지도 않게 한다. 자본의 이상한 힘에 대항하기 위해, 첨단 노예가 되지 않기 위해 비생산, 무능력을 권하는 일도 이제 좀 진부한 것 같기는 하다.

어쨌든 시인은 별스러운 데가 있다. 부엌 바닥에서 개미 한 마리를 죽일 때에도 꼭 자신에 대해서 생각하는 존재(아모스 오즈, 『나의 미카엘』, 민음사, 1998)가 시인일지도 모른다. 대체로 세계와 불화하는 존재. 반계몽적 인간. 차분한 목소리로 귀신 이야기를 들려주기도 하고(김행숙, 「귀신 이야기」), 뜨거운 피를 식히며 유령처럼 서성이기도 한다(김언, 「유령—되기」). 불가해한 세계를 향해 의뭉스러운 물음을 던지거나 이상한 제안을 하기도 한다(이장욱, 「동사무소에 가자」). 공포감을 갖지 않고 공포감을 조장하는 쪽은 위험하다. 이 불온함 같은 것이 시인의 에스프리일 것이다.

## 낚시의 즐거움 혹은 괴로움

종종 인터뷰를 하거나 시 창작 강의를 나가거나 했을 때, 빠지지 않는 질문이 바로 젊은 시인들이 쓰는 시의 난해함이다(젊은 시인이란 명칭은 실용적이나 고루한 느낌을 준다). 읽어도 알 수 없다는 말. 무슨 말인지 모르겠다는 말. 그러한 평가 안에는 소통 부재에 대한 답답함도 있겠지만 일종의 두려움이나 강박 같은 것이 더 많은 것 같다. 알록달록하고 들쭉날쭉한 것이 왜 나쁜지 모르겠다. 방정맞고 처량하고 넘치는 것이 왜 나쁜지 모르겠다. 어려운 시를 무조건 두둔하는 편은 아니지만 도전과 실험 그 자체는 언제나 환영해야 할 요소이다. 똑같이 말한다면 이 세계는 얼마나 지루해지겠는가. 문학은 원래 자신의 장르적 깊이와 넓이를 의심하며 존재하는 것이 아니었던가.

종종 시인들은 한 두름으로 묶인다. 굴비도 아니고 기분 별로다. 미세하게 자신의 눈을 쪼개고 분별하는 사람은 없는가. 고등어를 잡는 그물과 멸치를 잡는 그물은 코가 다르다. 그물로 잡는 물고기가 있고 낚싯줄로 잡는 물고기가 있다. 미늘의 크기와 방향도 다르다. 이 섬세한 차이를 알아주는 사람들이 있다. 오늘도 책상에서 혹은 술자리에서 자신의 눈을 의심하는 사람들의 뜨거운 숨소리를 듣고 싶다. 그들의 입에 입맞추고 싶다. 다른 것을 말하는 입술은 언제나 붉고 뜨겁다.

내가 쓴 시가 어떤 방식으로 소통되고 있는가 귀기울이는 것은 중요한 일이지만 평가에 지나치게 신경쓰는 것은 경계해야 될 것 같다. 나는 소통 불가능성으로부터 더 많은 것을 배웠다. 시인에게는 자신의 개성을 지켜갈 의무와 책임이 있는 것 같다. 그러기 위해서 게으름은 글쓰는 사람이 지켜야 할 미덕이라 생각한다. 유행에 따라가거나 다른 사람의 목소리에 휩쓸리는 데 부지런을 떨 필요가 없다는 뜻이다. 다른 사람의 작품이나 평가로부터 거리를 두고 자신에게 더 집중하는 법을 배워야 할 것 같다. 서로 다른 기호와 취향으로 이 세계를 알록달록하게 물들일 필요가 있다.

이 세계는, 파랑도 아닌 주제에 빨강을 지나치게 두려워하는 사람들로 가득하다. 외야나 장외로 날아가는 야구공을 보면 날려보내야 할 것이 공뿐만이 아닌 것 같다. 무슨무슨 전우회나 연합회 등에서 보여주는 분명하고 단순한 논리는 정말 놀라운 데가 있다. 그 과격함이야 어제오늘 일이 아니지만 인간이 그렇게 단순하게 작동하는 기계라면 시 같은 건 쓰지 않아도 될 것이다.

첫 시집이 나오고 나서 사람들이 내게 '칸트'에 대해 물었고 대답을 잘 못하자 '동물원'에 가깝다고 판단하는 것 같았다. 두번째 시집에서 '진화'의 의미를 물었으나 '우리'가 사라지는 거룩한 순간에 대해 말하자 고개를 갸웃했다. 끝까지 못 알아듣는 귀의 출현도 나쁘지는 않다. 귀의 모양은 사람마다 조금씩 다르고 찬찬히 들여다보면 좀 웃기게 생겼지만 똑같이 말해도 다르게 듣는 이 기관을 나는 좋아한다.

누구와 어떻게 싸울 것인가

런던에서 에든버러로 가는 버스에서 보는 창밖 풍경은 환상적이었다. 버스 창문에 마치 달력 그림을 붙여놓은 것처럼 비현실적이었다. 들판을 가로지르는 바람, 구름처럼 몰려다니는 양떼, 끝없이 펼쳐진 해바라기 밭, 동화 속에나 있을 법한 집들. 그러나 채 한 시간이 지나지 않아 그 풍경은 지루해졌다. 내 꿈만 못하여 나머지 시간 내내 잤다. 역시 꿈만큼 달콤한 풍경은 없다. 꿈속에서 나는 아직도 숲속을 날아다닌다. 도둑을 잡으러 다니느라 바쁘다. 도둑을 잡다가 내가 도둑이 되고 머리카락 하나까지 숨기기 위해 무지 애쓴다. 가능한 모든 것을 훔친 기분이 된다. 시인은 도둑에 가까운데 자신이 훔친 걸 미래라는 더 큰 주머니에 넣기를 바란다. 시는 이상한 방식으로 세계를 소유한다. 이때 도둑은 파이터에 가까운 것 같다. 시는 현실과 싸우지 않고 시와 싸울 때만이 정정당당한 파이터가 될 수 있다. 현실은 얼굴이 없기 때문이다.

시로 가능한 것이 무엇인가, 묻지 않는 것이 윤리적인 것 같다. 시는 오직 시만이 갈 수 있는 길로 정치에 도달할 때 가장 정치적일 수 있을 것 같다. 아무도 의심하지 않는 것을 의심하는 것이 시인의 일이기 때문이다. 가령 '사람'(김언, 「그가 토토였던 사람」)이나 '인간'(신해욱, 「끝나지 않는 것에 대한 생각」)과 같은 보통명사가 작품 안에서 활성화되는 순간 말이다. '지구를 실감하는'(신해욱) 능력이 아무에게나 있는 것 같지 않다. '확률이 높다'(김언)는 뻣뻣한 서술어도 시어로 쓸 수 있다. 시가 될 수 있는 언어를 찾아 특별히 좁고 외로운 길을 택했지만 용감하게 그 길을 가고 있는 시인들이 있다. 우리는 같은 세계에 발 딛고 있지만 같은 감각이나 감성을 갖고 있는 것 같지는 않다. 그 폭을 실감할 때 나는 시인의 그 같은 차이가 시인을 더욱 시인답게 한다고 믿는다.

### 끝나지 않는 싸움

레슬링이나 권투, K1 같은 걸 즐기지는 않지만 가끔 넋을 잃고 쳐다볼 때가 있다. 휘청거리는 무릎, 언제 풀릴지 모르는 가드, 터진 눈두덩과 입술. 정말 죽을 때까지 싸울 것 같아 불안하지만 잘 짜인 싸움은 즐겁다. 죽음의 불안을 끌어안고 있지 않은 싸움은 싸움이 아니다. 시인은 함부로 시비 걸고 강짜를 부릴 권리가 있다. 착해지지 않아도 된다(메리 올리버, 「기러기」).

재구성된 기억과 어떤 우연의 결합이 사건을 만들어낸다. 기억이 흐려지지 않는다면 자신을 갈가리 찢는 그런 일을 되풀이하는 바보 같은 용기(조이스 캐럴 오츠, 『멀베이니 가족』, 창비, 2008)를 지닐 수가 없다. 시는 사물에 부착된 시간과 기억을 끌어당기는 이상한 힘을 발휘한다. 엿장수와 가위손이 겹쳐지고 과거와 현재가 만나 즐겁게 잘려나간다(권혁웅, 「가위손」). 과거를 미래로 잇대어놓는 시인만이 현재를 호흡할 수 있을 것이다. 시인은 외로운 파이터이다. 어느 순간 혼자 싸우고 있는 자신을 발견하게 된다. 나는 외로울 때

집채만한 고래를 상상한다. 아니 기다린다. 고래는 이미 왔다 간 것인지도 모른다(이병률, 「거인고래」). 죽음의 문턱에 이른 순간에 비로소 한 마리 고래가 나타나는 것인지도 모른다(장만호, 「무서운 속도」).

시는 무의미한 농담이 되어도 좋다. 죽음처럼. 거룩한 소명 의식을 가지고 평생을 바쳐 일하더라도 우리는 아주 조금 나아지고 그 조금 나아진 것조차 쓰레기통에 처박히기 일쑤다. 죽음이 사람의 입을 다물게 하더라도 사람은 참으로 시끄러운 존재다. 잠시도 멈추지 않는다. 시의 고요가 인간의 소란과 통하고, 시의 소란이 인간의 고요와 통하는 것이 꼭 죽음을 생각하게 만든다.

태어나지 않는 것은 영원히 죽지 않는다. 예기치 못한 순간에 사람은 죽고 시도 시론도 꼭 그럴 것이다. 시도 언젠가 사라질 것이다. 시가 사라진 자리에 더 아름다운 장르가 탄생할까. 나는 시가 사라지는 아름다운 자리를 믿는다.

# 구름 위의 집

제가 어렸을 적에 아버지는 건축 일을 하셨습니다. 낡은 집을 허물고 뚝딱 새집을 지어 내놓는 것이 신기했습니다. 단층집이 사라지고 골목마다 붉은 벽돌을 두른 다세대주택이 생겨났지요. 저에게는 놀이터만큼이나 공사 현장이 익숙했어요. 깨진 벽돌을 레고 블록 삼아 가지고 놀았습니다. 해가 저물도록 흙장난을 하기도 했지요. 지린내가 좀 났던 것도 같지만 손을 오므려넣고 다독다독 모래를 덮었다가 조심스럽게 빼내면 근사한 모래굴이 생겼습니다. 그 안에 나뭇잎도 넣고 조그만 장난감도 숨겨놓고 하면 뭔가 비밀이 생긴 것 같아 뿌듯했습니다. 아버지의 독촉과 잔소리만 없다면 공사 현장은 아주 훌륭한 놀이터였던 셈이죠.

저는 글을 쓸 때 자주 집을 짓는 일을 생각합니다. 언어로 지어진 집은 '미래의 집'입니다. 과거의 추억을 떠올리거나 현재의 생각과 감정을 표현한 것이더라도 그러합니다. 한 편의 글은 앞으로 다가올 시간에 미리 접근해나간 흔적이라고 할 수 있습니다. 우리가 가보지 못한 세계를 지금 이 세계에 끌어다놓는 것이 작가의 일인 셈이지요.

긴 여행 끝에 내 집으로 돌아와 몸을 눕힐 때 집이란 것이 참 기껍고 고맙지요. 그러고 보면 집은 몸만 눕히는 곳이 아닌 것 같습니다. 글도 마찬가지입니다. 익숙한 말들로 이루어지지만 생각과 감정 이상의 것이 그 안에 녹아들어 있습니다. 꿈속 일처럼 우리가 온전히 소유할 수 없는 자율적 흐름이 말 뒤에 숨어 있는 것이지요. 우리가 글을 읽는 것은 다락방이나 창고 같은 데 있는 보물 상자를 열어보는 일이라고 할 수 있습니다. 우연한 계기를 통해 우리는 그곳에 이르고 보물 상자는 아주 새로운 곳으로 우리를 인도합니다.

집은 사람에게 말을 겁니다. 글 역시 목소리를 가지고 있습니다. 대화란 외로울수록 절실하고 어려울수록 흥미진진합니다. 육체가 머물지 않고 정신이 머문다고 해서 책이 현실에 아무런 쓸모가 없는 것은 아닙니다. 육체와 정신이 분리되지 않을 때만이 삶인 것처럼 살아가는 데는 정신의 집이 꼭 필요합니다. 이 두번째 집은 자기 자신과의 진지한 싸움을 통해 지어지지만 노동이 아니라 그 자체가 놀이에 가깝습니다. 이 놀이가 없다면 삶이라는 고단함을 어깨에 짊어지기 어려울 겁니다.

새집은 금세 헌집이 되고는 합니다. 다세대주택들이 차례로 무너지고 아파트가 들어서기 시작했지요. 이십팔 년간 살던 집을 떠나 아파트로 이사를 갔습니다. 정체를 알 수 없는 검은 새가 창밖을 갑작스럽게 휙 자르고 지나가는 높이였습니다. 아파트는 참 팍팍한 곳이라 느껴졌어요. 위아래로 똑같이 찍어낸 집에서 비슷한 동선을 그리며 산다고 생각하니 답답했던 것 같습니다. 그러나 실제 몇몇 집에 들어갈 기회를 가져보니 집은 그 집에 사는 사람들을 닮았더군요. 아파트는 똑같이 생겼지만 그곳에 사는 사람에 따라 아주 조금씩 달랐습니다. 글도 글쓰는 사람을 꼭 닮아 있습니다. 거꾸로 자신이 쓴 글을 닮아가기도 합니다.

옛 글은 새 글보다 나이가 많지만 종종 새 글이 옛 글을 향해 호통을 칠 때가 있습니다. 문면의 비판이 아니라 속 깊은 고민이 드러난 글이 좋은 글이겠지요. 옛 글은 새 글에 자리를 내주지만 사라지지 않고, 새 글은 옛 글에 빚지고 있지만 영원히 새것일 수는 없습니다. 글이 죽음(소멸)을 견디는 방식이 이러하니 글은 집을 닮았다기보다는 사람을 닮은 건지도 모르겠습니다. 죽음을 두려워하지 않는 존재란 없습니다. 인간은 그것을 예술을 통해 극복하고자 합니다만, 혼자서는 불가능해 보입니다.

얼마 전까지 '연대'라는 말이 유행이었는데 이제는 '연동'이라는 말이 그 자리를 대체하고 있는 것 같습니다. 연대는 '우리'라는 덩어리를 강조하지만 연동은 나와 너가 개별적으로 '함께 감'을 말하는 것 같습니다. 여럿이 손을 잡고 함께 앞으로 나가는 것을 강조하던 때가 있었습니다. 이제는, 멀리 떨어져 있지만 사실은 소통하고 대화적 관계를 이루고 있는 것들을 발견하고자 노력하는 것 같습니다. 개별적으로 존재하지만 실제로는 이어져 있고 그래서 하나의 움직임이 있고 그것에 조응하는 다른 움직임이 있다면, 저는 그 '움직임'을 촉발하는 실제적 힘과 에너지를 언어로 표현하는 것이 가능하다고 생각합니다.

얼마 전 용두동 공사 현장을 지날 때였어요. 어린 시절이 생각나 천천히 걸으며 기웃거렸지요. 그때나 지금이나 비슷한 건 한데서 밥을 먹는 아저씨들의 침묵입니다. 벽을 본 채 쪼그려 앉아 삼립 빵과 해태 우유를 급히 해치우는 모습은 저를 몹시 불편하게 만들었습니다. 글쓰기를 집짓기에 비유하여 학생들을 가르치고 돌아오는 길인데, 어쩐지 저 자신이 자꾸 부끄러웠습니다. 제 글은 현실적으로 힘이 없고 이 '무력한 고상함'을 저는 좋아합니다. 불편함을 견지하며 공동의 삶을 고민하는 것이 제 일이라 생각해야겠지요.

한 편의 글이 '구름 위의 집'이었으면 좋겠습니다. 집은 집인데 구름 위에 지어진 집이라 누구든 머물 수 있고 어디든 갈 수 있는 그런 집 말입니다. 우리가 갈 수 없는 곳에 이르게 만드는 집, 그런 집이 필요합니다. 구름이 한 뭉텅이 움직이고 제 마음이 거기 가닿습니다. 구름은 흐르고 어디쯤엔가 비가 되어 내리겠지요. 제 마음은 언어라는 집을 타고 제 몸이 가닿을 수 없는 곳에 갑니다.

여기의 나와 그곳의 나가 '함께 움직여' 겨우 살아갈 수 있는 것 같습니다.

# 나무와 바퀴

늘 새롭게 솟아오르므로 우리는
굴참나무가 새로운 줄 모른다
굴참나무는 아침 일찍 눈을 뜨고
일어나자마자 대문을 열고 안 보이는
나라로 간다
—최하림, 「아침 詩」 부분

　내 사전에서 '나무'는 '바퀴'와 그 자리가 매우 가깝다. 나무가
표정을 갖고 다른 세계로 넘어가는 것을 목격하는 일은 즐겁다. 실
제 움직이는 나무가 있다고도 한다. 열대림의 어떤 종이 빛을 찾아
서 일 년에 사오 센티미터 정도 이동한다고 한다. 내가 관심을 가지

고 있는 것은 이동이 아니라 "대문을 열고 안 보이는/ 나라로" 가는 것이다. 나무들은 누구와 손잡고 갈까. 어떻게 다른 세계로 넘어갈까. "자전거 페달을 밟고" 검은 숲으로, 공중으로 날아오르는 아이들이라면 가능할까.

*

나무들이 한 그루씩 솟아올라 나를 찌른 적이 있다. 나무가 찌른 것은 내가 아니라 나를 들여다보고 있는 나였다. 나는 그때 나를 잠깐 벗어나 다른 사람처럼 나를 쳐다보고 있었던 것 같다. 울고 있는지 웃고 있는지 잘 분간이 되지 않았다. 그날 아침에는 "해의 심장"에서 검은 피가 솟구치는 것 같았다.

멀리서 보면 나무는 산의 얼룩처럼 보인다. 여름산은 꽉 찬 듯 숨막혀 보이지만 나뭇잎들 사이 햇살도 바람도 드나들 것이다. 나와 나, 사이도 마찬가지다. 나는 그것을 효과적으로 메우고 있지 못하다. 어느 날 나는 나를 너무 잘 아는 것 같지만, 오늘은 또 잘 모르겠다. 버스를 타고 혼자 멀리멀리 가버렸다. 내가 들어야 할 말이 너무 많아 대신 다른 사람을 세워두었다. 아무것도 알고 싶지 않았다.

\*

내가 자란 동네의 가난한 골목길에 저녁이 찾아오면 리어카가 줄을 서고는 했다. 밤의 휴식을 마련해주기 위해서는 리어카를 세워두어야 했다. 바퀴를 허공에 매다는 방식은 아이들의 발을 들어올리는 마술 같은 일을 예비해주었다. 서너 대쯤, 아니 그 이상의 리어카가 죽 늘어서면 아이들은 허공에 뜬 바퀴를 굴리기 시작한다. 예닐곱 개의 바퀴가 모두 동시에 돌게 하기 위해 아이들의 발은 바쁘게 움직인다. 왜 모든 바퀴가 동시에 돌고 있어야만 하는가, 아무도 묻지 않았다. 그냥 놀이의 규칙 같은 것이었으니까. 손이 새까맣고 얼얼해지도록 바퀴를 돌리고는 했다. 단 하나도 멈추어 있으면 안 된다는 듯이. 낮의 피로를 풀러 간 주인들의 발이 쉬는 동안에도 리어카는 쉼 없이 돌아갔다. 누구야 밥 먹어라 하는 다정한 외침이 아니라 밥 안 먹으면 치워버린다는 선고가 울리는 골목길에서였다. 가난이 찍찍 흐르는.

\*

나 대형 할인 마트 끊었어, 라고 자주 말한다. 정말 가지 않으려고 하지만 종종 가게 된다. 무엇인가를 살 때마다 죄를 짓는 기분이 든다. 과소비와 죄의식으로부터 벗어나고 싶지만 그리 단순한 문제가 아닌 것 같다. 어른 서넛도 태울 수 있을 것 같은 쇼핑 카트를 밀며 물건들을 주워 담고 있자면 내가 살고 있는 곳이 보이는 것도 같다. 수입 과일이 산처럼 쌓이는 곳. 자연주의가 판치는 곳. 물건이 너무 많아 찾을 수 없는 곳. 내가 찾는 물건은 없고, 내가 찾지 않는 물건을 사게 되는 곳. 길게 늘어선 줄이 못마땅하지만 다시 찾게 되는 곳. 우리는 이 세계에서 무진장 소비하며 다 함께 어디로 굴러가고 있는지 알 수가 없다.

여행중에 마트 구경을 자주 가고는 했다. 현지인들의 생활을 보기 위해, 뭐 먹고 사나 궁금해서 기웃거린다. 내가 가끔 가는 왕십리 마트에도 외국인들이 종종 눈에 띈다. 관광 온 일본인이나 중국인이 있기도 하고, 가끔은 이주 노동자를 만나기도 한다. 그들의 카트에는 가장 저렴한 생필품이 몇 개씩 실려 있다. 외국어로 꾸는 꿈만큼 고된 것이 있을까. 소통되지 않는 이국적 외로움이 그들의 눈에서 흘러나온다.

*

텔레비전을 거실에서 몰아냈다. 저질 드라마와 기업 광고가 짜증나서, 자기들끼리 노는 오락 프로그램이 시끄러워서, '걸 그룹' 보기 민망해서 그렇게 되었다. 그래도 가끔 뉴스를 보게 되고 야구 소식 같은 것이 궁금해서 스포츠 중계를 보고는 한다. 짜증과 신경질이 늘어가는 걸 보면 나도 어느새 중년이 되어가는가 싶어 반갑지만은 않지만 텔레비전을 거실에서 몰아내고 나니 한결 기분이 좋아졌다. 최근에 다시 티비가 거실에 들어왔다. 아이들이 EBS 만화를 보는 동안 저녁밥도 짓고 원고 교정도 한다. 고마운 일이지만 아이들을 그리 오래 붙들어놓지는 못한다.

예전에는 저녁식사 후에 과일 깎아 먹으며 함께 보던 텔레비전을 그렇게 싫어하지는 않았는데 요즘에는 텔레비전을 십분 이상 보고 있으면 우울해진다. 나는 정말 이 세계에 무슨 생각으로 살고 있는지, 살아가야 하는지 모르겠다는 기분이 드는 것이다. 나는 점점 소외되고 있다.

베란다 창밖으로 차로를 쳐다보고 있어도 비슷한 기분이 든다. 하루종일 저렇게 많은 차들과 사람들이 바쁘게 어디로 가는지 모르겠다. 저렇게 많은 사람들과 차들이 날마다 굴러가는 것이 신기하다. 저렇게 많은 사람들이 이토록 바쁜데 왜 세상은 이렇게밖에 안 굴러가는 걸까.

*

인생의 상당 부분을 병원에서 보내고 있다. 이 근대적 공간의 아름다움은 복도와 소음에 있는 것 같다. 사람이 아픈 건 자연스러운데 아픈 사람을 떼로 모아놓고 링거를 걸어놓는 것은 참 부자연스러운 것 같다. 안 아픈 사람도 그곳에 발을 들여놓으면 아프다. 아픈 사람들은 작은 수다 큰 수다에 위로받기도 하고 고통받기도 한다. 긴 복도에는 희망과 절망이 입을 맞추고 헤어지고 다시 일어선다. 다 같이 울다가도 웃고, 웃다가도 돌아누워 울기도 한다.

나이순으로 죽는 것도 아닌데 나이든 사람들이 왜 그렇게 약해지는가 궁금했는데 조금 알 것도 같다. 갓난이를 쳐다보고 있자니 내가 갑자기 교통사고라도 나서 죽으면 애 젖은 누가 주나 걱정이 되었다. 아마 계속 그럴 것이다 애 밥은 누가 해주나. 나 아니면 머리는 누가 따주나. 졸업식은 누가 가나.

등나무 아래 둘러앉은 환자들이 배를 두들긴다. 그 모습이 장난스러워 환자복 입고 환자 놀이 하는 건강한 사람들처럼 보인다. 등나무도 웃는 것 같다. 배를 두들기면 정말 지방이 눈 녹듯 분해될까. 커다란 환자복이 풀썩풀썩 먼지를 일으키는 것 같다. 빳빳한 환자복은 사람 따라 조금씩 구겨진다. 종일 서서 환자복을 세탁하고 (빠르게) 다리고 (정확하게) 개키는 '생활의 달인'을 텔레비전에서 본 적이 있다. 언젠가 그도 아플 텐데 환자복은 정말 입고 싶지 않을 것 같다.

\*

갓난이의 무력함과 배고픔이 날 찌른다. 어린것을 돌보는 고단함과 재미가 있다. 요 며칠 혀를 빼물고 슬그머니 웃어서 '아기 공룡 둘리' 같더니, 오늘 아침에는 콩나물 씹는 소리를 듣고 까르륵거린다. 하루종일 똥오줌 치우느라 귀찮아 죽겠더니만, 어느 날엔가는 왜 똥을 안 싸나 계속 기저귀를 들춰보게 된다. 벌써부터 털북숭이 빨간 괴물 엘모를 좋아하는 취향이 생겼다. 아직 앉지도 걷지도 못하고 굴러다닌다. 인간보다는 바퀴에 가깝다. 데굴데굴 구르더니 안 보는 사이 실내화를 쭉쭉 빨고 있다. 아침에 나보다 먼저 깨서 내 무릎이나 발가락을 빨고 있을 때도 있다. 더러워 죽겠다. 젖 안 주면 마구 울어댄다. 그래서 울기만 하면 젖을 물려 기절시킨다. 일단 재우고 소설책을 읽는다. 배는 동그래가지고 한동안 잠잠하다. 귀여운 아기 나무다. 젖은 내 젖이지만 아무도 아이가 자라는 것을 막을 수는 없을 것 같다.

나는 내 아이가 바퀴처럼 미래를 향해 굴러가다가도 오오에처럼 "나의 나무 아래서" 자신의 어린 시절과 만났으면 좋겠다. 어린아이들이 무력하지만 얼마나 가치 있는 존재인지 알게 되었으면 좋겠다.

\*

오늘도 안 보이는 나라로 굴참나무가 간다. 발이 없어 굴러간다. "흘러내리는 햇빛을 굴참나무처럼 느"끼며 아이들이 포르릉포르릉 따라간다.

# 감각의 지도

　오늘과 내일 사이 나의 몸은 비슷한 형태로 조금씩 변하며, 정직한 모습으로 시간을 관통할 것이다. 그러나 오늘 보는 토마토와 내일 보는 토마토는 매우 달라서 나는 그것을 으깨기가 두렵다. 세계의 모든 토마토를 그리는 것은 어리석고도 무모한 일이 되겠지만 토마토를 상대로 나는 그것의 없는 다리를 걸어보고 싶다. 물론 내 몸에도 흙은 묻고 나도 붉은 피를 흘린다. 내가 이를 수 없는 칠레의 근해가 궁금한 것은 그렇게 날마다 다르고 또 같은 얼굴들 때문인지도 모른다. 가난한 사람들의 지붕에 내리는 빗물은 양철북 소리처럼 견고할 것이다. 내가 나를 건져올릴 수 있는 방법에 대해서는 회의적이지만 대체로 삶에 대해서는 낙관적이다.

　기억을 모두 잃고 전신 성형을 받고 나서 다른 삶을 살다가 어느 날 우연히, 자신과 꼭 닮은 사람을 만났으나 그는 이미 죽어 있었다. 그를 보는 자신도 그 자신의 죽음을 알았다. '어느 날 우연히'라는 말 속에서 눈치챘겠지만 영화 이야기다. 그러나 나는 그 우연과 필연에 대해서는 다리를 걸고 싶지 않다. 자다가 주먹을 꼭 쥐거나 발길질을 한다고 해서 누가 피 흘리는 것은 아니다. 피는 좀더 광범위하고 알 수 없는 곳에서 날마다 강물이 되어 흐른다.

그러나 나는 아무렇지도 않게, 커피를 사고 밥은 얻어먹는다. 당신과 식사를 하느니 지붕으로 올라가 마티니를 마시는 것이 낫겠다고 생각하지만, 내 몸의 살과 뼈는 딱 그렇지만은 않은 것 같다. 나를 겨눈 총 앞에서도 나는 주어진 빵을 뜯어먹을 것이다. 많은 사람들을 미워하지만 또 좋아하는 사람들도 많아 나는 아무때나 그들을 그리워하고 때때로 열심히 생각한다. 저녁의 식탁에 초대하고 싶지만 그들의 그림자까지는 알 수가 없어서, 혼자 밥을 먹는 경우가 많다. 나는 원초적으로 식사에 몰두한다.

오브제 중심의 개념 미술을 확립했던 마르셀 뒤샹을 응원한다. 페테르부르크의 회색 하늘에 나부를 눕게 한 샤갈에게도 같은 마음이다. 귀는 어두워 많은 음악을 듣지 못한다. 음악은 완전하고 완벽한 세계를 내 귓속에 세우려고 한다. 화가와 음악가들은 대체로 천재라고 생각한다. 천재들은 바보들을 한없이 외롭게 하지만 구름에게 목 졸리는 것이 천재들이다. 나는 비교적 오래 살아남을 것이다. 나는 분명하고 명확한 것을 좋아하는 모호하고 불투명한 존재일 뿐이겠지만.

비가 내리고 나무는 흐르지 않는다. 나는 비를 맞고 서 있는 나무의 정체를 모르겠다. 비의 눈물을 닦듯이 적의를 지우듯이 발목을 묶고 서 있는, 나무는 나무의 사방이 있겠지만 나는 나무의 흔들림이, 저 오랜 표정이 바람의 뒤에 오는 것이라고 믿을 수 없다. 수관을 따라 오르는 물이 나무의 몸속에 길을 낸다면, 눈물도 오줌도 달게 마시는 것이 나무의 반성이라면. 나는 나의 방향에 대해 반성하지만, 나는 쓴맛이 약이라고 생각하지만, 사방으로 가지를 뻗고 운명은 아니라는 듯 흐려져가는 손금에도 악수를 청하는 나무의 미소가 두렵다. 손목을 끊어버리는 거룩한 인사가 나무의 뜻이라면 어쩌겠는가. 비 오는 날 머리카락이 젖어 꼬부라지는 것도 나무의 비의다. 녹색 봉투에 더 아름다운 이야기가 담겨 있는 것은 아닐 것이다. 나무를 고집스럽게 철못에 비유하고 있는 나를 지우기 위해 비가 내린다.

대체로 시에 관한 이야기다. 나는 남들을 따라하거나 남들을 욕하면서 시를 쓰고, 그들의 말에 쉽게 상처를 받지만 잠깐잠깐 그 사실을 잊어버린다. 망각은 병이라기보다는 약에 가까운 것 같다. 내가 잘 잊지 않는 것은 엄마와 엄마의 병이다. 이제는 엄마의 안부 전화가 귀찮지만 내가 엄마를 잊고 있는 것은 아니다. 수술실 앞에서 엄마를 생각하는 것처럼 엄마를 항상 열심히 생각한다는 것은 대체로 불가능한 것 같다. 엄마의 두꺼워진 손톱 발톱을 깎아드리다보면 나는 자꾸 어두워져간다. 다른 사람들이 다 그러는 것처럼 죽음은 두려운 것이고 이별은 죽음보다 싫다.

우주선 속에서 우주비행사들은 식물을 재배한다고 한다. 우주의 어둠이나 침묵과 대면하는 일이 생각처럼 그렇게 낭만적인 서사를 풀어놓지는 않는 모양이다. 무중력 속에서 사고와 감정이 온전하게 지속되는지가 나는 궁금하지만, 그들이 관절에 손상을 입고 지구의 땅을 어설프게 밟는 일은 무섭다. 나는 지구의 중력에 익숙해져서 발을 앞으로 뻗고 지구의 중력에 익숙해진 사물들에게 말을 건다. 나는 그 중력이 잡아당기는 대로 죽음을 맞이할 것이다. 지구의 다른 곳에서는 나의 사랑하는 애인들이 내가 상상할 수 없는 냄새를 풍기며 죽어갈 것이다. 내 관념 속에 지구는 푸르다기보다는 항상 알 수 없는 냄새를 끌어당기고 있다.

장발의 오토바이족들이 지나간다. 한밤의 도로를 점령한 채 요란스럽다. 영업용 택시나 경찰차들이 그들의 뒤를 따른다. 축제의 종말을 상상하며 뒤따르는 것 같다. 그들의 상상을 포함하여 프라이데이 나이트는 축제다. 장발에 대해서, 오토바이에 대해서, 또 어떤 무리에 대해서 적의를 갖지 않는 행인들의 머릿속에서도 머리카락은 길게 늘어지고 오토바이는 재주를 부린다. 고요하게 앞으로 발을 뻗다가 멈출 줄 아는 무리들은 미래의 족속이다. 백 미터 달리기를 하다가 사라진 운동선수처럼 전혀 다른 세계로 발이 먼저 넘어갈 것이다. 이 세계에서는 자주 다리가 휘청거리고 힘이 빠진다.

길이와 속도의 측면에서 스킨헤드와 장발은 모두 다 아름답다.

칵테일 바에서 병을 돌리는 여자를 보았다. 어깨에 손목에 병이 돌아가고 병들은 사방으로 주둥이를 내밀었다. 하나가 깨어진다면 다른 것도 깨어지겠지만 여자는 병을 돌리고 잔은 불을 머금었다. 한 박자씩 늦은 병들이 여자를 기울일 때마다 작고 가볍게 여자가 출렁거리고 파도는 여기까지 밀려왔다가 되돌아갔다. 박수와 환호는 재밌는 집이 되어주었다. 여자는 아름다운 병을 돌리고 병들은 뜨거운 숨을 내쉬었다. 병 속의 여자는 이만큼 밀려왔다 사라졌다. 여자의 작은 발이 바닥을 더듬고 병 속에는 거품이 일고 여자의 병들은 여자에게 길을 내주었다.

이상한 자세로 잠을 자거나 식사를 하는 동물들을 오래 생각해왔다. 포즈에는 어떤 시간과 역사가 있는 것 같다. 그들의 내력을 제멋대로 상상해서는 안 될 것이다. 나는 동물들의 시간과 나의 시간이 다르다는 것을 받아들이기가 쉽지 않다. 동물과는 다른 내부 세계를 짓고 있지만, 처음부터 끝까지 외부에 존재하는 동물들. 길고 짧은 다리와 부드럽거나 거친 피부를 가진 동물들은 동물의 집에서 잠이 들고, 흙 위에서 나무 위에서 식사를 한다. 나는 종종 지붕 위의 식사를 꿈꾼다.

# 그 나무에 대한
# 기억

**갈칫국**

　서울에서 나고 자랐지만 나는 어렸을 때부터 남들보다 더 많은 종류의 고기를 맛보며 자랐다. 부모님이 재래시장에 다녀오시면, 저녁에는 양이나 염소, 오리나 꿩 같은 걸 먹는다. 어디선가 구해 온 고래도, 말도 먹어본 것 같다. 나는 보통 아이들처럼 캐묻거나 안 먹는다고 떼쓰지 않았다. 그것들은 각각 다양한 풍미를 가지고 있어서 흥미를 끌었던 것 같고, 요즘 흔히 먹는 튀긴 닭보다는 훨씬 맛있던 것 같기도 하다. 소를 먹을 때에는 머리의 어떤 부분들이 참으로 신기하고 예쁘게 생겼다고 생각하기도 했다. 귀나 혀 같은 것. 간이나 창자 같은 걸 기름에 찍어서 우물우물하기도 했다. 믿고 싶지 않지만 키우던 개도, 닭도, 공작도 사실은 다 밥상에 올라왔다. 뒷마당에 어이없이 날아든 공작이나 어린 내가 타고 다니던 크고 흰 개가 아직도 생각이 난다. 뒷마당에 풀어놓은 병아리들은 대개 밟혀 죽거나 밟지도 않았는데 죽거나 했는데, 열 마리 중 한두 마리는 죽지도 않고 계속 자라서 끝내 목이 뒤틀렸다. 다 커서야 나도 뭔가 가릴 줄 알게 되었다. 개는 먹지 않고, 시골에서 닭의 목을 뒤트는 걸 보고는 속이 메스꺼워 저녁을 굶기도 했다. 커다란 냄비에 내가 알 수 없는 어떤 종류의 고기들이 끓고 있다고 생각하면 어지럽다. 큰 생선 같은 것들이 냄비 뚜껑을 치고 올라와서 나랑 눈이 딱 마주치면 정말 무서울 것 같다. 그런데 이렇게 비위가 약해지고 가리는 나보다 어렸을 때의 내가 더 좋다.

그래도 아직은 비위가 남들보다 좋은 편이다. 사람들과 섬으로 여행을 간 적이 있다. 낮에는 버스를 타고 섬 일주를 하고 저녁에는 삼삼오오 모여 술을 마셨다. 특별히 재밌지도 재미없지도 않은 여행이었다. 밤이 되니 너무 어둡고 조용해서 눈과 귀가 좀 심심하고 막막했고, 공기가 좋아선지 술을 마셔도 별로 취하지도 않았다. 다음 날 아침식사로 갈칫국이 나왔는데 벌건 국물 위에 반짝반짝 갈치 비늘이 떠다녔다. 네 명당 한 냄비씩 나왔는데, 거의 모든 테이블에서 갈칫국은 그대로였다. 콩나물해장국이나 설렁탕에 길들여진 사람들은 아침부터 비린 국을 먹고 싶지 않았던 것 같다. 난 그게 먹고 싶었는데 사람들이 먹지 않아서 싫은 척 외면했다. 구리구리한 젓갈이나 생선 내장 같은 걸 씹으면 깊은 바닷속 심해어와 대화를 나누는 기분이 들어 좋다. 매우 시원한 느낌이랄까. 갈칫국이 아직도 생각이 난다. 그걸 먹어보지 못해서 억울하고 부끄럽다.

## 적의

1.5인분의 자리를 잡고 앉아 있는 지하철의 사내들. 사내들의 벌린 다리들은 너무 불친절한 것 같다. 나는 소심하고 속이 좁아서 이제 막 깎아놓은 연필, 새로 산 도루코 날을 상상한다. 정말로 다리를 찌르거나 베어버릴 수는 없지 않은가. 새로 생긴 지하철 의자에는 올록볼록 홈이 생겨서 반가웠다. 그래도 꼭 중간에 앉아 다리를 쩍 벌리고 앉아 있는 남자들이 있다.

## 눈물방

공을 차는 어른들이 아이같이 울어버릴 때가 있다. 월드컵씩에나 출전하는 유럽의 축구선수들이 승부차기 때문에 저렇게 절망하여 아이같이 울어버릴 때, 나도 따라 눈물이 난다. 참 더럽다. 너무 슬퍼서 황당하거나, 죽도록 몸이 아플 때는 눈물도 나지 않더니만. 그건 내가 열심히 나에게서 도망가고 있을 때다. 외로워도 슬퍼도 울지 않는 캔디는 벌써 캔디일 수 없는데, 그녀가 캔디라면 그렇게 많은 사람들의 사랑을 받을 수 없을 것이다. 캔디는 죽고 울지 않는 캔디만 남아서 만인의 사랑을 받고 있지 않은가. 참고 참고 또 참지 울긴 왜 울어, 이건 너무 폭력적이다. 노래방처럼, 눈물방이 있으면 좋겠다. 돈을 내고 들어가면 부드러운 크리넥스와 잘 개켜진 손수건 같은 게 있으면 좋겠다. 부모님 몰래 울고 싶은 자식들도, 아내 몰래 울고 싶은 남편들도, 자식 몰래 울고 싶은 엄마들도 있을 것이다. 노래를 못하는 사람들끼리 손잡고 눈물방으로 갔으면 좋겠다. 그냥 성의껏 울어보는 거다.

### 그 나무에 대한 기억

내가 기억하는 나무 한 그루가 있다. 나도 기억하는 나무 한 그루가 있다고 써야 더 정확할 것이다. 남들이 나무에 대해서 말하거나 쓸 때, 나는 나무와 내가 너무 멀다고 생각해서 자주 주눅이 든다. 나는 수많은 나무 중에 그 한 나무를 기억하는 내가 이제 막 자랑스러워지려고 한다. 이름도 모르는 큰 나무. 다섯 명의 내가 필요할 만큼 크다. 그렇다고 차가 지날 만큼은 아니다. 그 나무에 대한 기억은 뚜렷한데 나무와 내가 나누었던 것들은 분명하게 기억나지 않는다. 그 나무의 잎들은 떨어져 어디로 갔을까. 꽃이 필까. 열매는 달고 맛있을까.

나는 또 예외적으로 자귀나무를 기억한다. 나는 그 나무가 자꾸 나를 응원한다고 생각한다. 쪽쪽 갈라진 분홍색 꽃들이 총채를 뒤집어놓은 것처럼, 꼭 응원 도구처럼 생겼다. 운동회 전날, 비닐 끈을 같은 길이로 잘라 가운데를 묶은 다음 밤새 그걸 찢었다. 가늘게 쪽쪽 찢어야지만 나풀나풀 흔들려서, 흔들며 응원하기가 좋다. 운동회가 끝나면 그걸 가발처럼 머리에 뒤집어쓰고 깔깔댔다. 꼭 외국인이 된 것처럼 기뻤다. 그때는 외국인이 다 배우이거나 배우처럼 생겼었다. 나중에야 못생긴 외국인이 있다는 사실을 알게 되자 기뻤다.

집에서 실내용 화초들을 제법 많이 키운다. 큰 것 작은 것 합하면 열 개도 넘는 것 같다. 색깔도 모양도 다 다르다. 이름도 달라서 기억할 수가 없다. 그냥 필요할 때마다 팔손이, 뾰족이, 별, 고무, 귀때기 이렇게 막 부른다. 근데 어느 사이 그게 그냥 이름이 되어서 귀때기는 귀때기다. 내가 정확히 이름을 불러주지 않아도, 내가 노래 불러주지 않아도, 내가 사랑해주지 않아도 물만 먹고 잘 자란다. 무성해지는 것들이 예쁘기도 하고 고맙기도 하고 무섭기도 하다. 어느새 내 키를 넘은 것도 있다. 내 손바닥보다 더 큰 잎을 매단 것도 있다. 꺾어서 부채로 삼을 만하다. 가끔 말라 죽거나 벌레가 생겨 죽는 것도 있다. 다 죽었다가 감쪽같이 살아나는 것도 있다. 물주는 것이 귀찮지 않느냐고 사람들이 묻지만, 매일 씻는 것보다 귀찮지 않다. 아무것도 요구하지 않는 식물들의 생장이 부럽다. 인간들은 너무 많은 걸 요구하고 요구받는 것 같다.


아름다운 털

골목이나 시장 입구에 트럭을 세워놓은 채 과일을 무더기로 쌓아놓고 파는 사람들이 있다. 갓 따온 참외나 토마토 같은 것들은 털이 보송보송하다. 보통 한 봉지에 삼천 원, 오천 원씩이다. 잔털 없이 매끄럽고 크기와 모양이 고른 마켓의 과일들과는 달리 울퉁불퉁하고 못생겼다. 맛이 좀 없을 때도 있다. 나는 트럭에 잔뜩 쌓아놓은 과일들이 무너질까봐 걱정이 되지만, 과일을 쌓는 것쯤은 아무것도 아닐 것이다. 페어 트레이드 되어야 하고, 농민과 노동자를 보호해야 하며, 레바논을 침공해서는 안 될 것이다. 어린이와 노약자, 임산부 외에도 보호받아야 할 사람들은 많다.

엔딩

문학이란 무엇인가라는 공개된 문제로 시험을 치른 적이 있다. 스물한 살쯤이었나보다. 개론서들을 읽고 요약해서 열심히 외웠고 좋은 점수를 받았다. 지금 다시 시험을 본다면 별로 좋은 점수를 받을 수 있을 것 같지는 않은데 그건 내가 서른한 살이 되었기 때문이다. 나는 좀더 젊고 유연해졌다.

# 시적인 것

지금이야 외국 브랜드가 화려하게 찍힌 '트레이닝복'을 입고 운동하는 아이들을 어렵지 않게 볼 수 있지만, 우리 어린 시절에는 그렇지 않았던 것 같아. 아이들이 좋은 '추리닝'을 입는 일이 흔치 않았지. 구멍가게 딸과 네가 입었던 그 '추리닝'을 기억해. 그애는 우리보다 두 살쯤 늦게 학교에 들어왔던 거 같아. 훨씬 크고 조숙했지. 어느 날 하늘색 추리닝에 발갛게 묻은 생리혈을 보고 깜짝 놀랐던 기억이 나. 그때 우리 친구들은 아무도 몸에 그게 없었거든. 그 후로 그애는 마음속에 '큰언니'로 자리잡았어. 그애에게 자주 놀러가고는 했지. 구멍가게와 쪽방이 좋았거든. 화투놀이를 가르쳐줬던 것도 그애였던 거 같아. 커다란 쥐가 들락날락하는 가게, 눅눅한 방에 누워 계집애들이 할 수 있는 이런저런 고백들을 늘어놓았어. 어른들의 세계를 함부로 상상하며 노는 것도 재밌었지. 남묘호렌게쿄를 외는 어른들이 쪽방에 모여드는 날은 좀 무서웠지만 말이야. 그 애 아버지는 어디 갔을까 궁금했지만 그런 건 묻지 않았어. 물으면 안 될 거 같았거든. 졸업 후 그 아이는 이사를 갔고 다시 못 보게 되었어. 나이 많은 남자와 결혼을 해서 아들딸 낳고 잘산다는 얘기를 들은 것 같기도 해. 아니면 그냥 내 상상인지도 모르겠어. 하지만 얼룩이 남아 있는 하늘색 추리닝과, 구멍가게와 쪽방을 아직도 선명하게 기억하고 있어.

그리고 너의 카키색 추리닝. 그건 한참을 잊고 지냈는데 어느 날 문득 생각이 났어. 너도 한 살 많았지. 그런 건 금방 알아차리게 되나봐. 늦게 입학해서 나이가 한두 살쯤 많은 애들은 또래보다 의젓하게 굴거든. 그렇게 멋진 색깔 추리닝을 갖고 있었던 아이는 별로 없었는데 난 네가 아주 부잣집 아이인 줄 알았어. 나중에야 너희 집이 조그만 구두 공장을 한다는 걸 알게 되었지. 언제나 의젓하고 말이 없던 네가 좋았던 거 같아. 마음 한번 전하지 못했지만 말이야. 그리고 널 다시 만나게 된 건 많은 시간이 지나서였어. 왜 그랬는지 모르겠는데 항상 마음과는 다르게 행동했던 거 같아. 학교 축제에 찾아온 너를 제대로 쳐다보지도 않고 돌려보낸 일. 네가 사온 장미꽃을 쓰레기통에 처박은 일. 그리고 또다시 시간이 한참 지난 후 다시 너를 만나게 되었을 때는 더 불안했던 거 같아. 너는 이미 카키색 추리닝을 입고 있는 어린애가 아니었으니까.

너무 시적이야, 라는 말. 그 말은 이상하게도 나를 무력하게 만들었던 거 같아. 그리고 다시는 너를 볼 수 없게 된 것 같아. 널 만나던 때는 시 같은 건 쓰지 않을 때였어. 내가 시인이 될 거라는 생각도 하지 못했고. 사실 지금도 다른 시인들이나 문학 전공자들도 나를 '시적이다'라고 생각하는 거 같지 않아. 오히려 그 반대지.

카키색 추리닝을 입고 다녔던 아이를 좋아했지만 그건 어쩌면 네가 아니었는지도 몰라. 우리가 다시 만나는 일은 불가능한 것이었는지도 몰라. 불가능한 일일뿐더러 숨기고 싶은 것들을 들춰내는 잔인함 같은 것이 뒤따랐지. 실제 가난이 아니라 가난한 분위기, 그런 환경 속에서 자란 아이들의 조숙함과 비열함, 자신의 세계를 벗어나려는 열망과 조금도 벗어나지 못하는 열패감 같은 것을 다시 확인해야 했으니까. 너는 카키색 추리닝을 입고 다니던 의젓한 아이로 안전하게 존재해야만 했는데, 불쑥 나의 현실 속으로 뛰어들던 걸 참지 못했던 거 같아. 그건 너도 마찬가지. 시계가 망가진 듯 혼란스러울 때 우리는 아무것도 아니라는 것을 어렵지 않게 알게 되었지. 누구나 자신을 연출할 무엇인가가 필요한 법인데 우리는 간단히 사라지고 말더군.

가난한 분위기, 조숙함과 비열함, 무능력과 열패감 같은 것은 영원히 나를 떠나지 않을 것 같아. 행간에 숨어 있는 너를 볼 때마다, 지워도 지워지지 않는 너를 볼 때마다 나의 언어는 심각하게 훼손되어 있다는 생각을 해. 도망칠수록 깊이 빠져드는 것처럼 너를 조금도 벗어나지 못하겠지. 그건 네가 아니라 나의 과거, 나의 그림자, 나의 말. 망각은 사탕처럼 달콤해서 입안이 퉁퉁 붓도록 그걸 물고 있어야 했지만 예전보다는 밝고 명랑해졌어. 아직도 너는 충분히 씻어지지 못했어. 두려움 때문에 내가 나 자신을 속일 때가 있어. 쉽게 타협할 때도 많아. 우리는 영원히 아름답지 못하고, 아름다움 따위는 우리에게 그렇게 중요한 문제는 아니지. 그런 나를 여전히 내가 붙들고 있어. 너의 시계는 멈추었니? 아직 너와 나를 묶어 부르는 일을 용서해줄래?

두번째 시집도 네게 보낸다. 너무 시적이어서 마음에 들지는 않겠지만 이제 너와 도란도란 다시 이야기를 할 수도 있을 거 같아. 꽝꽝 흰 눈이 내릴 때가 좋아. 우리가 함께 걸었던 골목길과 어색하게 손 내밀었던 사거리가 흰 눈으로 덮이는 날들이 좋아.

# 칸트와
# 슈퍼 쥐

며칠 전 첫 시집을 다시 읽어보았다.

고양이와 구름 이야기가 너무 많은 것 같다. 난 고양이를 키운 적도 없고, 구름도 그렇다. 어릴 때 살던 동네에 도둑고양이가 유난히 많았던 기억이 난다. 밤마다 갓난아이처럼 울어서 기분이 나빴고, 종종 어떤 날의 밤에는 떼로 몰려다니며 전쟁을 했다. 고양이들끼리 서로 쥐 잡듯 난투극을 벌였다. 한낮에는 어디에 숨는지 잘 보이지 않는데 심심한 것들이 하나씩 기어나와 내게 허리를 늘이는 묘기를, 빨랫줄에 매달린 생선을 향해 점프하는 기술을 보여주었다. 때로는 담장을 사이에 두고 왔다 갔다, 이쪽과 저쪽에서 나와 고양이는 눈을 맞추었다. 얼마나 사람 같은지 소름이 쪽쪽 끼쳤다. 날 데리고 노는 고양이의 눈을 보고 있으면 고양이의 영혼은 아홉 개라는 말이 맞는 것 같다. 도둑고양이의 존재는 어쩐지 우리 동네 가난의 증거처럼 생각되기도 했다. 고양이 테러 작전을 상상했다. 상상만 했다. 작은 생선에 폭약을 넣어 고양이에게 준다면 고양이의 몸이 공중에 떠오르고 작게, 폭 터져버리지 않을까 하는. 내가 그런 상상을 하지 않더라도 자동차 바퀴 밑에 숨어든 어떤 고양이들은 바닥과 운명을 같이했을 것이다. 우리가 핸들을 무심히 오른쪽이나 왼쪽으로 돌릴 때.

지구 위를 떠도는 물방울들이 왜 내게 위로가 되었는지는 불분명하지만, 나는 확실히 구름에(게) 위로받은 적이 있다. 다세대주택에서는 십수 년간 고양이와 지냈는데, 아파트로 이사한 후에는 창밖으로 구름만 보였다. 고요해서 좋았다. 눈깔도 발톱도 없었고 웃음도 졸음도 없었지만 구름은 참 좋은 친구가 되어주었다. 구름의 장점은 뭉쳐도 싸우지 않고 쪼개져도 피 흘리지 않는 데에 있다. 구름은 날 어디로도 데려가주지 않았다. 나는 매일 십삼층에 내렸다.

칸트와 일로나 치치올리나 스텔라를 불러보는 것은, 내가 꼭 그들을 잘 알고 있기 때문은 아니다. 슈베르트의 얼굴은 잘 기억나지 않고 쇼팽을 좋아하는 편도 아니다. 나는 얀과 유미와 미숙이 경숙이를 불러보는 것이 좋다. 내가 볼 수 없는 곳에서도 그들은 여전히 숨쉬고 있을 것이다. 옆 동네 구멍가게 딸과 친했었다. 가게에 딸린 조그만 방에 어른들이 모여 남묘호렌게쿄 남묘호렌게쿄를 중얼거려 끔찍했지만, 가게 앞에서 구슬을 던지고 딱지를 접으며 놀았다. 어느 비 오는 날이었던가, 가게 슬레이트 지붕 끝에 줄 같은 것이 쪼르르 내려와 있길래, 쭉 잡아당겼다. 그랬더니 어른 팔뚝만한 쥐가 쑥 끌려나왔다. 꼬리가 너무 길고 두꺼워 잡고 지붕을 올라가도 될 만했는데, 어른들의 남묘호렌게쿄 주문이 계속되는 가운데 비 맞은 슈퍼 쥐는 왜 그렇게 무력했을까. 쥐는 구멍가게 아들이 들고 사라졌다. 그걸 도대체 어떻게 했는지 모르겠다. 공처럼 차고 놀았을까. 꼬리를 잘라 구워 먹었을까. 내가 보았던 가장 인상적인 꼬리였다. 남묘호렌게쿄를 외던 아줌마들은 지금쯤 이가 하나둘씩 빠져 발음이 상당히 안 좋아졌을 테고, 정말로 밧줄을 타고 하늘로 올라갔을지도 모르겠다.

내가 시집을 부모님께 드렸을 때, 아홉시 뉴스 전에 하는 일일 드라마가 방영되고 있었다. 시집 나왔어요, 하며 책을 드렸는데, 응 잠깐만 드라마 좀 보고, 하셨다. 나는 부모님의 반응에 솔직히 당황스럽기는 했지만, 그 정도의 반응이 괜찮다고 생각한다. 너무 감격하셨다면, 좀 거북했을 것이다. 나는 내 부모님과 형제들이 내 시들을 꼼꼼히 읽어주길 바라지 않는 것 같다. 책을 보면 어지럽고 졸린 엄마가 그대로 좋다. 문예지나 시집 같은 걸 읽는 엄마 밑에 자랐다면, 내가 시를 썼을까 싶기도 하다. 친구들도 크게 다르지 않다. 표지의 색과 사진에 대해서는 한마디씩 해도 작품에 대해서는 별말이 없다. 그래서 마음이 편한 것 같기도 하다.

그러나 그런 생각들 속에는 더 간절히 소통하고 싶은 마음이 숨어 있는지도 모른다. 대산창작지원금을 받게 되었을 때, 심사위원 선생님들의 심사평은 내게 힘이 되었다. 난해하다는 말이, 어여쁘다는 말이 좋았다. 뻔뻔하다는 말도 은근히 맘에 들었다. 그때 나는 그걸 종합할 능력이 없었고, 그 평가를 뚫고 나갈 힘도 아직 내게는 없다. 나는 대산창작지원금을 받은 다음해, 세 분 선생님과 재단 이사장님께 신년 카드를 보냈다. 심사평에 비하면 그저 그런 평범한 말들을 적었다. 올해는 신년 카드를 쓰지 않았는데 그건 감사의 마음이 식어서가 아니라 여러 번 보내면 이상할 것 같아서였다.

문득 시집 여기저기에 흩어진 표정들이 정말 내 것일까, 하는 생각이 든다. 내 표정 속에 내가 있을 것이라고 믿고 싶기도 하고 그런 믿음이 좀 위험하지 않을까 생각되기도 한다. 짝짝 금간 화분들이 무너져내리지 않는 것은 그 화분이 담고 있는 뿌리의 힘으로부터 올 것이다. 그렇다고 화분이 식물의 뿌리를, 뿌리가 화분을 의지하고 있는 것 같지는 않다. 독자적으로 아름다운 무늬에 대해, 독자적으로 발뻗는 뿌리의 힘에 대해 시 한 편을 새로 쓰고 싶다.

# 일종의
# 나이키

지도 보기는 나의 취미입니다. 내가 알지 못하는 나라들을 하나씩 짚어봅니다. 영어식 지명 표기는 우스꽝스러워요. 세계 각국의 고유명들을 구겨넣는 솜씨가 대단합니다. 자애롭고 유연한 언어가 담을 수 있는 것은 그리 많은 것 같지 않습니다. 아직도 영국령의 섬들이 많군요. 지도 위에는 없는 것이 많아요. 움직이는 국경도, 전쟁의 광음도, 불타버린 집들도 없습니다. 지도 보기는 나의 취미지만 나는 내 눈을 믿을 수 없습니다.

커다란 지구본을 갖고 싶었습니다. 세계지도를 가질 수 있었습니다. 지도 같은 건 이제 안 봐도 그만입니다만, 일종의 '나이키'라고 할까요. 이 많은 국경선을 내가 다 지날 것 같지는 않습니다. 우리를 무엇이라 부를까요. 움직이는 대륙과 지구가 끌어당기는 더 많은 바다를 무엇이라 할까요. 그러나 나는 지도를 제작하는 사람들의 내면을 사랑합니다. 이 평면의 덩어리를 끌어안는 것은 도저히 불가능하고 지도 보기는 나의 취미입니다.

벌레 한 마리 지도 위를 기어갑니다. 벌레는 중국보다 작지만 하와이보다는 큽니다. 몸이 길고 검으니 마사이족이라 할까요. 스페인에 페피타 히메네스를 만나러 가려던 참일까요. 벌레는 마다가스카르 섬에서 케냐를 지나 수단을 지나 유럽으로 갑니다. 커피 열매가 굴러가는 것 같습니다. 크리넥스로 벌레를 감쌉니다. 꾹 누르지 않아도 이미 감옥입니다. 감옥은 어둡기보다는 지나치게 환한 것이겠지요. 비행기의 추진력을 느끼며 대한민국을 떠나고 있을 때 나는 내가 대한민국이 되어가고 있음을 깨달았습니다. 구름을 밟는 것은 불가능한데 이마 위의 별들은 왜 이토록 선명한 것일까요. 우주에서 보면 지구는 푸르고 아름답다고 하지요. 밤하늘의 별들이 내 욕을 다 알아들을까봐 겁나지만, 결국 별들은 사라져가는 발밑을 모를 겁니다.

*

나는 공포영화를 즐기지 않는 편입니다. 좀처럼 무섭지 않기 때문입니다. 귀신은 어쩜 저렇게 귀신처럼 생겨서 나타날 만한 곳에 버젓이 숨어 있다 나타나는지. 가끔씩 공포의 다른 효과 때문에 즐거워질 때도 있지요. 자신이 귀신인 줄 모르는 귀신들의 딱한 사정이나, 기술과의 어색한 결합 같은 것들 말입니다. 때로는 옛날 공포영화들을 봅니다. 하얀 소복을 입고 막대기처럼 뻣뻣하게 날아다니는 귀신들과, 가짜 피를 묻힌 귀신들의 입술이 딱하다고 할까요. 이유 있고 사연 있는 귀신들은 사람들을 좋아하고, 사람들은 놀라며 좋아합니다. 서로에게 영원한 호감을 지우지 못할 것입니다.

그러나 세상에 귀신만큼 무섭지 않은 것이 또 있을까요? 두려움과 공포를 귀신에 붙들어 맬 수 있다면 얼마나 좋겠습니까마는. 이유 없이 공격하는 히치콕의 새들 앞에서, 단 한마디 말도 없이 제삼의 강둑을 떠돌고 있는 아버지들 앞에서, 귀신도 없이 우리는 곧잘 두려움에 빠집니다.

*

만두는 세상에서 가장 무서운 음식이라는 생각이 듭니다. 그 속에 무엇이든지 채워넣을 수가 있으니까요. 꿩고기도 당면도 생선살도. 취향에 따라 다종다양한 것들을 채워 만두를 빚는 손들을 생각해봅니다. 만두방 아저씨의 손은 점점 기계가 되어가는데, 더러운 행주를 잡았다가 지폐와 동전을 만지작거렸다가 만두피를 잡았다가 합니다. 어느 것을 붙잡든 빠르고 정확합니다. 아저씨는 눈도 없이 만두를 잘 빚습니다. 한 눈으로는 찜통을 다른 눈으로는 손님을 보면서 만두에게 입을 달아주는 것 같습니다. 어서 오세요 안녕히 가세요. 만두방은 만두도 라면도 단무지도 최고입니다.

　나는 통조림 속의 참치 살을 씹으며 종이처럼 맛없다는 생각을 한 적이 있습니다. 맛이 없고 뻣뻣한 고기 살은 책상 다리 같다고 생각한 적도 있습니다. 종이 상자를 물에 불려서 쪽쪽 찢어서 만두소로 사용했다는 보도를 접했습니다. 중국인들의 상상력은 멋진 것 같습니다. 책상 다리로도 갈비를 만들어낼 수 있을 것 같습니다. 윤리성만을 빼어놓는다면, 나는 중국인들의 감정으로 시를 쓰고 싶습니다. 무엇이든 가장 절실하게 말을 거는 것에 내 입술을 빌려주겠습니다. 만두 두 개에 단무지 한 쪽씩. 만두는 두 판, 라면은 한 그릇. 비 오는 오후의 식욕은 무섭습니다. 당신의 입속에 만두가 있습니다. 만두 속에 무엇이 있습니까? 만두와 당신은 실존적으로 연루되어 있습니다.

　　　　　　　　　　　　*


　노래방 대신 눈물방 같은 것이 있으면 좋겠다고 생각한 적이 있습니다. 눈물이 날 만큼 노래를 못 부르기도 합니다. 시를 쓸 때도 별반 다르지는 않지만, 내가 생각했던 음들이 내 목소리를 통해 나오지 않아서 깜짝깜짝 놀랍니다. 너는 누구니? 중학교 때 지휘를 맡은 적이 있습니다. 교내 합창대회였는데, 꼭 지휘가 하고 싶었던 건 아니에요. 지휘를 하면 노래를 하지 않아도 된다는 허무맹랑한 생각을 했던 것 같은데, 그게 그만 다른 친구에게 상처를 주었습니다. 늘 귀에 이어폰을 꽂고 다녀서 일찍부터 귀가 발달되어 있었다는 건 알았지만요. 음악 선생님과 반 아이들이 둘을 놓고 고민을 했어요. 애국가를 틀어놓고 테스트를 해보기도 했습니다. 국수를 비비듯, 물결을 가르듯 사분의 사박자를 저었습니다. 나는 아니어도 그만이니 씩씩하게 부담 없이 허공을 갈랐지요. 거수 결정을 할 차례가 되었을 때 반 아이들이 내 쪽에 더 많은 손을 들어주었던 것은, 그 친구보다 내 어깨가 더 넓고 내 팔이 더 굵어서였는지도 몰라요. 그 친구보다 내가 공부를 못해서였는지도 모릅니다.

내 귀에는 듣기 좋았지만 우리 반은 합창대회에서 꼴찌를 했고 담임 선생님의 얼굴이 붉으락푸르락 했습니다. 그런 건 상관없었지만 오랜 시간이 지나도록 그 친구가 실망했던 모습이 잊히지 않았습니다. 나의 어리석은 생각(지휘자의 목소리는 필요 없다는)은, 그 친구를 더 열심히 공부만 하도록 만들었는지도 모릅니다. 그런데 그게 마지막은 아니었어요. 나의 선택은 필연적으로 어리석습니다만, 내가 매 순간 그것을 기억하고 있는 것은 아닙니다. 살아 있기 때문에 고개는 들고 다녀야지요. 길거리에 동전처럼 빛나는 것이 있어서 자세히 내려다보면, 열쇠고리거나 쇳조각일 때가 많습니다. 햇빛이 너무 환한 탓이라고 할까요?

3부

오
리
를  보
는  고
통

# 그칠 줄을 모르고 타는
# 나의 가슴은

연애는 젬병이었지만 사랑을 노래하는 시는 좋아했고 로맨스 소설에 푹 빠지고는 했었다. 밤새 학교 공부는 못했지만 독서는 했던 것 같다. 창밖이 어슴푸레 밝아지고 침대 주변에 이러저러한 책이 쌓여갔다. 닥치는 대로 아무거나 읽어댔고 멋대로 상상했다. 실제 남자들은 거칠고 무식해서 싫었지만 문학 작품을 읽노라면 가슴이 뜨끈뜨끈해졌다. 늦은 아침 부스스한 몰골로 일어나 사과를 베어 물고 창밖을 내다보면 지난밤의 세계가 헛것이고 내가 거대한 망상에 빠졌다는 것을 알게 되었다. 그러나 책 속의 시간들은 과일즙처럼 달콤하고 끈적여서 중독 현상을 일으켰다. 그런 중독이 아니었더라면 십대의 무료함과 이십대의 넘치는 에너지를 어찌하지 못했을 것이다. 공부 잘하라고 부모님께서 책값은 아끼지 않으셨던 것 같다. 문학 공부를 하고 시를 쓰리라고는 나도 부모님도 전혀 예상치 못했다.

어느 겨울 한용운 시를 읽었던 기억은 좀 특별하다. 왜 그랬는지 잘 모르겠으나 가슴이 뜨거워졌고 눈물이 날 것 같았다. 그때는 아직 어렸고 한용운의 작품을 연애시로 읽는 것 이외에는 특별한 방법을 알지 못했다. 가슴이 울렁거렸는데 아마도 어찌할 수 없는 난감함 때문이었던 게 아닐까. 「님의 침묵」 같은 긴 시가 단숨에 들어왔다. "푸른 산빛을 깨치고 단풍나무 숲을 향하야 난 적은 길을 걸어서 차마 떨치고" 갈 때 가슴이 쩍 갈라지는 느낌이 들었다. 말의 의미를 넘어서는 커다란 슬픔 같은 걸 느꼈던 것 같다. 「알 수 없어요」를 읽으며 고독과 허무를 끌어안는 어떤 지극함에 감동했는지도 모르겠다. 이별도 죽음도 두려워하지 않는 강인한 정신력과 무엇에도 흔들리지 않는 믿음 같은 것이 전해져왔을 것이다.

정작 대학에 들어가서는 작품 읽기를 게을리했다. 주로 술을 마시거나 여행을 하거나 사람들을 만나거나 그마저도 아니면 멍하게 가만히 있었다. 책 속의 사랑과 실제 연애는 매우 달랐고 사기당한 기분이 들고는 했다. 나라는 존재는 쉽게 휘발되고 마는 느낌이 들었다. 그러다가 어찌어찌 졸업을 하고 출퇴근이 싫어 대학원에 진학하고 또 어찌어찌 시를 쓰게 되었다. 한용운 시의 여러 독법을 배운 이후에도 특별함이 가시지 않았다. 민족이나 모국어에 커다란 기대가 없고 절대자나 구원에 남다른 관심이 없어도 그랬다. 아

직도 사랑은 잘 알지 못하고 매일매일 애쓰며 살아가는 것 이외에
는 별다른 도리가 없는 것 같다. 아득히 먼 당신을 영원히 그리워하
며 살게 될는지도 모르겠다. "마지막 소리가 바람을 따라서 느티나
무 그늘로 사라질 때에 당신은 나를 힘없이 보면서 아득한 눈을 감
습니다"(「거문고를 탈 때」) 내가 가닿을 수 없는 세계가 있다는 것을
믿게 해주고, 비루한 삶을 견디게 해준다면 그것 이외에 다른 무엇
이 또 필요할까 싶다. 나라는 거대한 공동, 그 안의 무수한 균열을
받아들일 수 있게 해주는 시가 아니었더라면 나의 삶은 불가능하지
않았을까.

# 당신의 책상은
# 얼마나 외로운가

　　무라카미 하루키는 예루살렘상 수상 기념 연설에서 다음과 같이 말했습니다. "높고 단단한 벽이 있고, 거기에 부딪혀 깨지는 계란이 있다고 한다면, 나는 언제나 계란의 편에 서겠다." 문학은 언제라도 계란의 편에 서야 할 것입니다. 계란의 편에 서야 하는데 종종 높고 단단한 벽에 이끌린 적이 있었던 것 같습니다. 그러나 저는 우리를 조종하고 위협하는 거대한 시스템으로부터 스스로를 지켜나가기 위해 애쓰는 껄렁하고 시시하고 기괴한 언어를 사랑합니다. 이 세계를 수치화하거나 객관적으로 보여주는 일보다 희미하게나마 이 세계의 가능성을 드러내는 일에 더 매력을 느낍니다. 교묘한 거짓말로 위기를 모면하기보다는 진실을 표명하기 위해 스스로를 내던지는 용감한 이들의 옆에 서고 싶습니다. 소심하고 주눅든 어깨를 가지고 구부정하게 책상 위에 앉아 결핍과 배제와 소외를 적는 일을 계속하고 싶습니다.

저는 제 시를 '단맛'에 비유한 적이 있습니다. 살아가는 일이 그리고 그것을 적어가는 일이 어찌 '단맛'으로만 가능하겠습니까마는, 견고한 벽이 우리 앞에 있다면 저는 경쾌하고 발랄한 어조로 그것을 물렁하게 만들 수 있습니다. 흐물흐물한 벽을, 날아오르는 지붕을 만들 수 있습니다. 집의 불편함으로부터 우리는 집 이상의 것도 상상할 수 있을 것입니다. 강가에서 목덜미를 다 태워가며 수석을 골라도 강가의 입장에서 보면 결국 그 돌은 수많은 돌 중에 하나일 뿐입니다. 우리 역시 강가의 돌멩이처럼 아주 사소합니다. 우리가 조금 달라질 수 있다면 아름다워서가 아니라 아름다움을 기대하기 때문일 것입니다. 아름다움은 별 하나에서 오는 것이 아니고 모든 별의 존재에서 오는 것도 아닙니다. 별과 다른 별을 잇는, 몇 개의 서로 다른 별을 만나게 하는 우리들 자신으로부터 옵니다. 우리는 서로 다른 별자리를 만들어내는 것이 마땅합니다.

아무것도 모른 채 젖을 물고 방긋방긋 잘도 웃는 갓난아이가 있습니다. 제가 다 하지 못한 말은 아이가 자라서 또 조금 할 수 있을 것입니다. 이 세계에서 우리가 가질 수 있는 낙관이란 바로 그런 것이 아니겠습니까. 냉소 가운데서도 그 낙관을 지켜가기 위해 우리는 언제라도 계란의 편에 서서 말할 수 있어야 할 것입니다.

# 가지런하고
# 딱딱한 이름

　여러 개의 이름을 갖고 있다면 좋겠다. 날마다 다른 이름으로 불리면 어떤 기분이 들까. 계절마다 이름을 바꾼다면 이 어수선한 봄날, 내게 어떤 이름이 어울릴까. 이름이 두 글자가 아니라면 또 어떨까. 오늘 나는 '고양이 목걸이를 하고 걸어가는 목 쉰 사람'. 내일은 '꿈속의 물컹한 손가락'. 이름이 없으면 좋을 것 같은 날도 있다. 그냥 나를 '빵'이라 불러줬으면 좋을 것 같은 날도 있다. 내가 쓴 작품들을 나의 긴 이름이라고 하면 어떨까. 그래서 내가 길어지거나 뚱뚱해지거나 재밌거나 지루하거나. 그런데 오늘도 내 이름은 가지런하고 딱딱하다. 내 앞으로 우편물이 세 개 도착했다. 우리집 꼬마는 나와 좀 다른 것 같다. 자기가 좋아하는 걸 다 '까까 꼬꼬'라 부른다. 밥도 과일도 책도 텔레비전도 까까 꼬꼬가 되고, 지나가는 사람도 나무도 돌멩이도 까까 꼬꼬라 한다. 하루이틀 사이 정교해져서 '깜깜 꼭꼭'이 되기도 한다. 나도 그런 '무서운' 까까 꼬꼬가 있으면 좋겠다. 즐거워 죽겠다는 듯이 아무나에게 손을 흔들고 무엇에게도 다 인사를 한다. 다 사랑할 수 없어서 나는 날마다 다른 이름을 꿈꾸고 헤매고 멈추고 넘어지는 것 같다. 앞으로는 좀더 창조적으로 살아보겠다.

# 문제는
# 어떤 단맛인가이다

정말 오랜만에 조청을 맛보았다. 쑥떡에 듬뿍 찍어 먹었다. 어릴 적 외가에 가면 할머니께서 아껴 내주시던 조청의 달콤하고 끈끈한 맛을 오래 잊고 있었다. 할머니가 없는 외가에는 잘 안 가게 되었지만 간다고 해도 조청이 있을 것 같지는 않다. 나는 이 귀한 단맛을 얻어두고 친정어머니를 불렀다. 쑥떡과 조청을 내놓았다. 딸네 와서는 좀처럼 아무것도 드시지 않고 불편하게 한두 시간을 앉았다 가는 것이 전부였던 어머니가 떡을 살금살금 찍어 드셨다. 그러고는 아버지 드린다고 먹던 거라도 싸달라고 하셨다. 나는 미리 담아두었던 조청을 챙겨드렸다. 꿀이 없는 것이 아니었을 테지만 어떻게 조청의 맛을 이기랴. 꿀과 다르고, 설탕은 흉내낼 수 없는 향수가 조청의 둔탁한 달콤함 속에 있다.

단맛은 하나인 것 같지만 사실 다 조금씩 다르다. 약식에는 흑설탕이 필요하고 차를 만들 때는 백설탕이 필요하다. 요즘은 건강을 위해 설탕 대신 요리당이나 물엿을 많이 쓰는 것 같다. 사카린을 넣어 만든 식혜를 파는 것이 문제가 되기도 하였다. 나는 초콜릿이나 케이크의 단맛을 좋아하지만 고구마나 호박의 단맛도 좋아하고 배춧속의 단맛도 즐길 줄 안다. 외식보다 집 밥을 좋아하는 이유는 불필요한 단맛 때문이다. 단맛은 확실히 폭력적인 데가 있다. 동네 제과점에서 설탕과 밀가루를 팔아주었더니 설탕과 밀가루를 팔던 회사가 제과점 브랜드를 만들어 군소 제과점을 다 흡수해버렸다. 어딜 가나 똑같아 빵맛이 지루해졌다. 사탕수수에서 왔건 엿기름에서 왔건 단맛은 사람의 마음을 녹이고 위로해주는 힘이 있지만 단맛에 취하지 않게 조심해야 한다. 설탕물을 꿀이라 이름 붙이고 밀어붙이는 세계에 살고 있으니까. 이 세계에서는 설탕물을 즐겨 먹는 꿀벌이 될 위험이 너무나 크다. 맛에 비유하자면 내 시들은 단맛에 가까운 것 같다. 문제는 어떤 단맛인가이다.

# 아파트

엘리베이터는 자주 이십사층 꼭대기에 올라가 있다. 일층으로 내려오는 몇 초 동안의 시간이 길게 느껴져서 미간을 찌푸리는 내가 한심하다. 새벽마다 쿵쾅거리는 이십층 아이들 때문에 수화기를 들었다 났다 하는 내가 마음에 들지 않는다. 우연히 십팔층 사람들과 마주치면 소심해지는 내가 웃긴다. 나는 십구층에 산다. 일층에는 나란히 사이좋게 붙어 있는 우체통들이 각종 전단지와 공과금 용지를 혓바닥처럼 내밀고 있다. 돈을 벌고 쓰는 것이 지겹고 소음과 먼지가 지긋지긋하지만 사람들은 저녁마다 착실하게 집으로 돌아오는 것 같다. 이웃들과 함께 손 붙잡고 어디든지 가서 담벼락에 황토를 바르고 콩을 털면서 살았으면 좋겠다. 요즘에는 대형 마트에서도 자연주의, 슬로푸드가 유행이다. 아파트는 사라지지 않을 것이고 도시 생활자들을 위로하는 삶의 콘셉트가 더 많이 개발되겠지만 아무나 쉽게 황토 따라 콩 따라 갈 수는 없을 것이다. 선택의 용기도 내볼 수 없는 더 많은 사람들이 그만그만한 아파트에서 살아간다. 좋은 건 아파트에 하나도 없는가? 나는 결국 아파트를 좀더 사랑해야 하는가?

# 사회를
# 보호해야 한다?

연말마다 크리스마스캐럴이 울려퍼지지만 그건 붕어의 뻐끔거리는 입처럼 아무 뜻도 없다. 삼십 년 후에도 똑같은 캐럴이 울려퍼질 이곳은 어떠한가. 유해 식품들이 알게 모르게 우리를 위협하고 있는데 이건 어쩐지 캐럴보다 더 오래된 문제인 것 같다. 우리는 아직, 조금 더 미래지향적인 문제로 촛불을 켜들지 못한다. 한미 FTA에서 정부가 보여준 무능력이 많은 사람들을 거리로 내몰았지만 비상식적 대응 방식만을 확인했을 뿐이다. 용산 철거 시위에 대한 강제 진압과 이어진 참사에 또다시 촛불을 켜들었지만 언론의 보도 내용과 네티즌의 반응을 살펴보고 있자니 마음이 갑갑해진다. 신문 방송에 이어 감시와 억압이 사이버 공간까지 확대되고 있다. "묻지도 따지지도 않고"가 삶의 모토가 될까 두렵다. 너무 많은 물음표를 가진 죄로 사람들이 잡혀가면 어쩌나. 물음표와 의문문을 문법 교과서에서 빼버리면 어쩌나. 폭락하는 주가와 치솟는 환율, 연일 조정되는 금리 속에서 늘어나는 부채와 청년 실업. 우리는 누가 보호해줄까? 모두가 시인들처럼 가난해질 필요는 없는데, 시인들의 가난은 그것이 아닌데. 환급되는 세금을 꼼꼼히 챙겨 받지만 보호해야 할 사회가 어디로 가고 있는지 모르겠다. 교회에 가면 알게 될까? 고향과 사는 곳이 달라 모르는 걸까? 아침저녁으로 대한민국 희망 건설을 구호처럼 외치는 각계 연사들이 텔레비전에 출현하지만 대한민국의 희망을 어디에서 찾아야 할지 그들은 가르쳐주지 않는다. 대한민국은 국회와 정부 기관의 이름일 뿐인가? 대한민국은 기업과 은행과 금융기관에만 있는가? 기업화된 대학에서 양산되는 인재들은 지금 이곳의 문제를 따져 묻는 것에 익숙하지 않은 것 같다. 잘먹고 잘살기 위해 중요한 문제가 아니라는 듯이 글로벌 코리아를 외친다. 오늘도 대형 마트와 쇼핑몰에서 플러스된 원이 어떻게 되돌아올지에 대한 고민 없이 끼워 팔기와 빅 세일의 찬스를 놓칠세라 카트에 물건들을 가득 채우며 분풀이식 쇼핑을 하는 사람들 속에 내가 있다. 매장 입구에서 사은품을 나눠주는 피에로에게 더이상 슬픈 눈을 찾아볼 수 없지만, 이를 수 없는 대상을 향해서만 슬픈 눈을 맞추는 피에로와 같은 시를 쓰고 싶지는 않다.

# 연인들

살곶이 공원에서 수십 분째 끌어안고 서 있는 연인들을 보았다. 연인이라고 하기에는 좀 어려 보였다. 교복에 사복을 덧입은 학생들이었다. 초가을 날씨치고는 좀 추워서 그랬을 수도 있지만 보통이 넘었다. 사방이 뚫린 공간에서 아무런 상관도 없다는 듯이. 어쩐지 시위하는 것 같았다. 아무리 꼭 끌어안아도 서로에게 가닿을 수 없을 것이다.

살곶이 다리는 유서가 깊다. 크고 평평한 바위를 잇대어 만들었다. 전쟁 때 폭격을 맞아 가운데 부분은 유실되었지만 다리의 이쪽과 저쪽은 비교적 옛 모습 그대로 복원되었다. 아스팔트나 시멘트 바닥과는 달리 울퉁불퉁한 돌다리를 건너려면 발걸음을 조심해야 하고 간혹 기우뚱거리기도 하지만 나는 중랑천을 가르는 이 다리

가 참 좋다. 주변에 공원과 운동장과 주차장이 번듯하게 지어져서
가 아니라 얼마간 파손된 옛 다리라서 마음에 든다. 연인들도 그렇
다. 몇 달간 혹은 몇 년간 만나다 헤어지고, 혹은 서로를 무너뜨리
며 함께 늙어가기도 한다. 거미줄이나 머리카락보다 질긴 것이 있
다면 그건 사람과 사람 사이를 묶는 끈일 것이다. 헤어진 연인들일
수록 서로 강하게 묶여 있다. 기억을 수차례 바꾸면서도 사람은 사
람을 놓지 않는다. 못한다. 다리를 옆에서 보면 옛것과 새것이 확연
히 갈라지지만 사람들은 이 다리를 살곶이 다리라 부르며 잘 건너
다닌다. 도보로 혹은 자전거를 타고서.

# 집에 대하여

집에 대해 생각합니다. 먼지 속에 뒹굴고 온갖 냄새를 피우는 집.

어릴 적 살았던 집 뒷마당에는 우물이 있었습니다. 우물은 가끔씩 두레박이나 아이들의 신발을 삼켰습니다. 밤에는 우물 근처에 가지 않았습니다. 낮에도 그랬습니다. 어둠과 습기가 차오르는 우물을 무서워했던 것 같습니다만 옛집을 생각하면 늘 그 우물이 먼저 그립습니다.

얼마 전 어머니는 서너 시간 동안 추위에 떨며 '집밖'에 갇혀버렸습니다. 실내복 차림으로 잠깐 나왔는데 현관문 잠금장치가 고장났다고 합니다. 자꾸만 어두워져가는 어머니를 생각합니다.

어머니라는 오랜 집.

시인은 제 집을 갖지 않은 자라 할 수 있는데, 저는 집을 벗어나는 것을 두려워합니다. 머리털이 보송보송한 갓난아이가 있으니 더 오래 집에 머물러야 할 것도 같습니다만 날아오르는 지붕을, 흐물흐물한 벽을 생각하며 지내겠습니다.

집에 대해 생각합니다. 함께 머물다 언제라도 떠날 수 있는 집.

# 쓰면서
# 이야기하는 사람

　얼마 전 도올 선생의 대담이 텔레비전의 한 프로그램에 방영되었다. 주요 화두는 노무현 대통령과 한국의 정치 상황, 미국 부시 재선, 국제 정세에 대한 것이었다. 인터넷을 통해 수도 이전에 관한 글을 올려 많은 사람들에게 호응을 얻었을 뿐만 아니라 원고료까지 모이는 이변을 낳았던 만큼, 그리고 항상 그 열도만큼, 거칠지만 날카로운 언사를 내뿜었다. 나는 그러한 직접적인 방식에 대한 호응이나 반감 대신 그날은 대담자와 사회자의 태도에 더 주목하고 있었다. 고상하고 우아하게 앉아서 이야기를 하지 않고 커다란 책상 앞에 서서 도올은 한지 위에 붓으로 글자들을 쓰면서 이야기했다. 술(術) 자 같은 것 말이다. 그 글자의 삐침은 말의 내용만큼이나 칼과 같았다.

자칫하면 어떤 오해를 불러일으킬 수도 있겠지만 나는 쓰면서 이야기하는 사람을 한 명 더 만난 적이 있었다. 반쯤은 신에 들리고 또 반쯤은 수행을 통해 득도한 어느 스님께서, 나도 알 수 없는 나와 나의 미래에 대해서 말씀하시는 동안 종이 위에 무엇인가를 쉬지 않고 적고 계셨다. 나는 나에 대한 얘기인데도 그 말의 내용에 집중하지 못하고 글자도 아니고 글자가 아닌 것도 아닌 그 이상한 모양의 글자를 계속 쳐다보고 있었다. 나에 대한 어떤 불안과 걱정의 말이 오갈 때 그 글자들은 더욱 휘어져 내려갔다. 두 바닥 반 정도가 채워지고 나서야 피곤하다는 듯이 말을 멈추셨고 나는 들은 것도 본 것도 뚜렷하게 없는데 복비를 지불했다. 속은 것도 속지 않은 것도 같았지만 그 종이들은 다음 페이지로 넘겨졌고 또 다른 누군가의 삶을 담아내기 위해 희고 차가운 얼굴을 내밀었다.

등단 소감에 나는 기중기와 칠레산 홍어와 사라지는 꼬리, 커다란 입 같은 것들에 관심이 많다고 적었다. 그동안에 기중기에 관한 시를 한 편 썼는데 너무 시적이라는 비판을 받았다. 칠레산 홍어에 관한 시는 아직 쓰지 못했고 경동시장에서 홍어를 한 마리 사다가 된장을 풀어 끓여 먹었다. 칠레라는 이름의 긴 나라에 대해 생각하면서 말이다. 뒤돌아보면 꼬리뿐인 고양이들과 자주 마주치고, 나는 새로운 것들을 해야 할 때마다(요즘에는 운전이 그러한데) 커다란 입속으로 들어가는 공포감을 맛본다. 도로를 긴 혀로 생각하니 또 시적인 것 같다.

그러나 시적인 것에 대해 의식하거나 몰두하지 않으려는 힘이 나에게 시를 쓰게 하지 않았나 생각해본다. 못된 아이처럼. 그러나 또 지금 착한 아이를 꿈꾸며 나는 참 고분고분해져서 책상 앞에 앉아 있다. 사람들은 조금 다르거나 이상하면 금방 주목한다. 그러한 주목과 관심은 참 여러 방향으로 힘을 갖는다. 살면서 사랑하면서 나는, '감정선이 붕괴되었다'고 며칠 전 생각했었지만 오늘은 산고개를 넘으며 단풍이 참 곱다고 '가을이 깊었다'고 생각했다.

# 고요한
# 오렌지빛

나는 밤하늘의 별이 아름답다고 생각하는 편은 못 되지만 내가 잘 알지 못하는 시간에 별들이 태어나고 죽어간다는 것에는 여전히 경외감을 갖고 있다. 우주의 먼지들이 뭉치고 구르다가 우연히 서로 부딪쳐서 더 큰 존재들이 되어가는 것에는 정말 이유가 있을까? 세상에는 알 수 없는 일이 많아서 사람들이 눈을 반짝일 때, 사람들의 눈으로 별이 옮겨간다. 저마다 품고 있는 생각이 같지 않아서 서로 다른 말들을 주고받고 오해라는 더 큰 것을 낳고. 나는 그것이 별보다 아름답다고 생각한다. 서로 다른 시계를 갖고 있지만 우리는 만나서 토마토 수프를 훌쩍거릴 수 있으니까. 그런 시간들이 지난 후에 사람은 사라지는데, 정말 별이 되는 거라고 믿어도 될까. 어제까지 입김이 따뜻했는데 이제는 없는 사람의 곁에서 내 가슴은 뜨거워지다가 차가워지다가.


고요한 오렌지빛


말라붙은 우유 자국과 오래된 과자의 눅눅함은 어디로 가는가
당신의 웃음소리와 눈빛은 별의 것이 되어도 좋은가
시간의 주름 속에서 쏟아진 나비떼가
찐득한 어둠의 내력을 팔랑팔랑 다시 적는다


전쟁중에는 누구나 기도하는 법을 배운다고 그랬지
별에 입술을 달아준다면 평화로운 주문들이 골목길에 쏟아지겠지만
동굴 속 사람들의 첫 기도는 어디로 사라졌을까
굴뚝을 통해 별빛과 은혜가 쏟아졌을까
몇 개의 부서진 기둥만으로 신들은 만족하는 것 같지 않아


여름밤의 더위가 당신의 이마에 금세 몇 개의 땀방울을 만든다
주름을 타고 모호한 주문처럼 흘러내린다
평범한 연인들처럼 나란히 앉아 노을에 물들까
신발 속 해변이 주머니 속 밤하늘이 좀더 큰 우리를 낳는다
사탕처럼 추억 하나를 오래 빨아먹는다면

아이들은 부드러운 가슴에 별을 지니고
현명한 늙은이는 죽으면 별이 되겠지만
가늘고 긴 유리관 속에서 색색의 모래알들이 흘러내릴 때
서로 다른 의문과 비밀이 잇닿은 곳에서
우리의 심장은 뜨거워지다가 차가워지다가

# 그림자놀이

내 시 속에 나쓰메 소세키와 로제 그르니에가, 셰익스피어와 김동인이, 모리스 앙리가 잠깐 들어와 앉은 것 같은 느낌을 받을 때가 있지만 대개 그들의 작품과 내 시는 상관이 없다. 내가 그들의 이야기에 귀기울였고 그것을 오래 잊지 못하는 것이겠지만 소설과 시라는 장르가 내 안에서 엉킨 적은 없다.

쓰다 만 소설이 내 컴퓨터 하드 속에 저장되어 있다. '키친' '마켓' '1028의 이름들'이라는 파일명을 가지고 있다. 이건 소설이야, 생각하고 몇 페이지를 쓰다가 그만두었다. 그건 물론 시가 아니다. 소설에는 소설의 세계가, 시에는 시의 세계가 있다. 시와 소설이 소통하는 여러 가지 방식이 있을 것이지만 시와 소설은 만나기 어려운 장르고, 그래서 그 둘의 만남은 더 매력적인 것도 같다.

나는 소설가들을 더 좋아한다. 이야기를 재밌게 잘하고 자신을 내던질 줄 안다. 시인들은 숨기를 잘하고 숨는 데 재주가 더 많다. 그런데 시인은 시를 쓰며 자신을 잘 드러내고 소설가는 소설을 쓰며 자신을 잘 감춘다. 그들의 머리카락이나 발끝을 찾아볼 때가 있다. 시의 방식으로 소설의 방식으로. 꼭꼭 숨어 보이지 않을 때가 많다. 왜곡된 나의 그림자에 깊은 연민을 느낀 적이 있다.

시인이나 소설가가 서로 다른 방식으로 나는 누구인가, 우리는 무엇인가 질문을 던질 때, 더듬거리며 찾을 뿐 정답이 없다는 것을 그들은 이미 알고 있을 것이다. 독자들도 시원스러운 해답을 얻기 위해 시나 소설을 읽는 것 같지는 않다. 가끔씩 무력하고 막막하다. 소설가들도 마찬가지일 것이다. 시 속에 소설이, 소설 속에 시가 들어와도 그런 마음은 어쩔 수 없다.

# 내년에도
# 나의 입술은

연말이다. 새 다이어리와 캘린더가 배달되었다. 생일과 기념일을 꼼꼼히 표시해두어야 할 것 같다. 공휴일이 얼마나 되는지 연휴가 얼마나 긴지 먼저 찾아보게 되는 걸 보면 내년 치의 피로가 예약된 것 같다. 연말이면 늘 그렇듯이 여기저기서 송년회와 축하 모임 소식이 전해진다. 찬바람을 맞으며 길을 헤매다가 어찌어찌 모임 자리를 찾아갈 것이다. 지난해처럼 케이크를 쪼개고 샴페인을 따를 것이다. 내년에는 다를까. 올해처럼 관광버스가 추돌하고, 공사 현장이 무너지고, 병에 걸려 아프고, 갑자기 사라지거나 나타나는 사람들도 있을 것이다. 조금 슬프거나 또 드물게 기쁘겠지만 그런 순간에 올해의 그것이 생각날까. 위로와 감사의 마음이 솟구칠까. 내년에도 사람의 맨손으로 어린 돼지의 성기가 뜯기고 닭의 부리가 잘리고 생물학적 고려 없이 초식동물에게 동물 사료를 먹이겠지.
유전자 변형 콩과 옥수수를 피해 살 길은 없을 것이다. 숟가락과 젓
가락을 현명하게 들어올리며 건강하게 지낼 수 있을까. 그것이 정
말 우리의 바람일까. 어떤 공포와 두려움이 새로 마련될까. 어떤 길
을 걷고 어디서 휴식을 취할 수 있을까. 이율과 환율은 조금 내리겠
지. 내 집은 없고 내 집 마련의 꿈은 많고. 인간의 시간을 따라 시계
는 단 일초도 머물지 않고 달력은 드르륵 잘도 뜯길 것이다. 십이월
의 마음은 일월의 마음이기도 한데 서둘러 새 마음 새 뜻을 가져야
할 것만 같다. 탄소를 배출하면서 함께 나눠 마시면서 서서히 늙어
가고 있다. 위로가 된다. 위로가 되지 않는다. 십 년간 같은 감정인
것이 오히려 낫겠다. 내년 연말에도 반성하지 않고 불만스러운 입
술을 내밀겠지.

# 오리를 보는
# 고통

아프다고 생각하면 나는 갑자기 아파져서 눈이 노래지고 열이 났다. 교문 앞에서 택시를 집어타고 집에 돌아와 누웠다. 여고 시절의 일들이다.

얼마 전 중고 피아노를 샀다. 음악적 재능이 있는 건 아니다. 여든여덟 개의 고른 건반을 보는 것만으로 위안이 될 때가 있다. '금옥동산'은 금옥초등학교 글짓기집인데, 거기 내 이름으로 피아노 선생에 관해 쓴 글이 발표되었다. 그건 거짓말일뿐더러 베껴서 쓴 것이다. 내게는 그런 애틋한 사연이 없었다. 피아노 선생들은 연애가 잘 안 되는지 삼십 센티미터 자로 내 손등을 탁탁 쳤다. 눈금이 희미해져서 자로는 쓸 수 없는 것들이었다. 백 번을 말해도 백 번을 틀린다 했다. 귀와 손가락 사이는 너무 멀고, 천 번을 말해도 천 번을 틀릴 수 있었다. 그러다가 어느새 화가 풀린 피아노 선생은 내 귓밥을 파주곤 했다. 다정한 무릎이었다. 내가 피아노를 잘 치지 못하는 것은 귀의 문제는 아니다.

지하철에서, 버스 안에서, 카페에서 사람들이 주고받는 대화들이 외국어처럼 들릴 때가 있다. 다시 들어봐도 외국어처럼 명랑하게 들린다. 외롭다. 사실 사람들이 내게 무슨 말인가를 할 때에도 백 퍼센트 다 알아듣지는 못한다. 그냥 들었다고 생각한다. 물론 청력의 문제가 아니어서 보청기의 도움을 받을 수도 없다. 큰 소리로 빠르게 말하는 사람들 옆에 있는 것이 좀 불편할 뿐.

내가 가장 좋아하는 소리는 아이들이 등교하는 아침 시간에 들을 수 있다. 서울이나 런던이나 북경이나 아이들이 등교하는 소리는 비슷하다. 참 아름답다. 그 소리들은 인사말과 작은 발소리와 가방이 부딪히는 소리로 이루어진 것 같다. 아이들의 작은 손과 발이 자라는 소리처럼 들리기도 한다. 내가 그 소리의 한가운데 있었을 때, 나는 종종 남자아이들의 신발주머니를 낚아채서 잽싸게 도망갔다. 한번 따라와봐. 따라오면 죽어. 내 책상 고리에 신발주머니를 두 개씩 걸어놓고 즐거워했다.

국철이 지나는 역에서 강을 내다보고 있자니, 수상한 사람들의 무리가 보였다. 오리 보기 동호회라고 내가 이름 붙였다. 강변에 나와 망원경을 들고 있는 사람들이다. 얼마 전에 '오리를 보는 고통'이라는 제목의 시를 썼다. 내 머릿속에서는 새와 공이 자주 겹친다. 공은 아무때나 떠오르고 좀처럼 떠오르지 않는 새들이 찬 강물에 빠져 있다. 강가에서 꼬리를 달아 연을 띄우는 사람들처럼, 연을 두 개 세 개 이어 붙여 띄우는 사람들처럼, 나도 오리의 몸에 강물을 달아주고 싶다. 역 처마밑의 뚱뚱한 비둘기들은 누가 뻥 차주었으면 좋겠다.

# 물렁하게
# 흐르는 칼

 

 

나쁜 감정이 들 때 나는 종종 음식을 만든다. 맨손으로 재료들을 씻고 썰고 볶고 하다보면 기분이 한결 나아지는 것 같다. 나도 모르는 사이 센 불에 머리카락 끝을 살짝 그슬리기도 하고 팔목에 기름 방울이 튀기도 한다. 씩씩거리며 거품을 일으키고 밀가루나 주무르는 나를 괜찮다고 생각한다. 어쩌지 못하는 내 감정들을 차려놓고 보면 오래 난감하다. 혼자 오래 부엌에 서 있지 말고 사람들을 만나러 식당으로 나와야 될 것도 같다. 내 부엌은 너무 적막하다. 리코더 캠프에서 아이들이 돌아온 것처럼 시끄럽더라도 무엇이든 놓고 함께 먹어야 제맛이 난다. 누군가를 초대하기에는 내 밥상이 조금 기우뚱한 것 같다.

4부

망치란 무엇인가

# 소통 불능 대화 무능

## — 프랭크의 무표정

1

등단 십 년 만에 아무것도 쓰지 못하는 것에 대한 두려움을 느끼기 시작했다. 머리가 멍해졌고 마감 기한을 넘겼다. 글 한 줄 쓸 여유가 좀처럼 생기지 않았다. 가사와 육아에 치여 머리가 아팠다. 새롭게 나를 연출할 시간과 기회가 좀처럼 주어지지 않았다. 허구와 망상이 나를 지지해주지 않으니 일상을 버티기가 매우 어려웠다. 입에서 욕이 나왔고 자주 비틀거렸고 인내심이 바닥나고 적대감이 늘었다. 무엇보다 해가 뜨고 해가 지고 하는 시간의 흐름이, 일상의 반복이 지겨웠다. 아이들에게도 다 들켰다. 큰애가 말했다. 엄마 따라 했다가 유치원 선생님한테 혼났어. 내가 미쳤다고 했거든. 미쳤다는 말은 쓰면 안 된대. 안 되지 그럼…… 미치지 않기 위해 써야 한다.

나는, 나를, 내게 등을 포함한 수없이 많은 문장을 적을 수 있지만, 그 일인칭 '나' 안에는 수없이 많은 내가 자리잡고 있을 것이다. 대단한 착각이자 오해다. 내가 아닐 수도, 아무도 없는 것일 수도 있겠다. 거대한 망상이자 허구일 수도 있겠다. 일상을 살아가는 '나'를 버려내기 위해 낮과 밤으로 길고 짧은 문장을 적어나가는 것인지도 모르겠다. 행과 연을 구분하면서 난해한 음악을 연출하는 것인지도 모르겠다. 시를 쓰면서 "나는 나로부터 멀리 왔다는 생각"(「따뜻한 비닐」)에 빠져들었다. 새로운 나를 향해 가고자 하는 열망, 나를 포함한 우리에 대한 기대와 원망이 글을 쓰게 만드는 것 같다. 소통과 대화를 염두에 둔 글쓰기라고 생각하지는 않는다. 지독히 개인적인 행위이고 사적인 고백인 경우가 대부분이다. 무엇을 쓰든 그게 나라고 믿고 최대한 담백하게 쓸 때, 쓸 수 있었고 기분이 좋았고 그나마 읽을 만한 무엇이 나왔다. 그러나 '사실'은 없었다. 거짓과 진실 사이를 오가는 이 행위가 얼마나 말도 안 되는가. 그 말 안 됨의 결과를 말 됨의 잣대로만 잴 수 없는 것이 당연한 일이다. 현재의 나와 과거의 나의 공생으로 미래의 내가 발생할 가능성이 주어지는 것이니 새것이든 헌것이든, 산 것이든 죽은 것이든 경중과 가치를 쉽게 따질 수 없을 것이다.

나란 사람은 일상적 대화도 자주 꼬여서 소통과 대화라면 취약이다. 어릴 때 드라마나 영화를 보며 옆사람에게 자꾸 뭔가를 물어봤는데 몇 마디 대꾸를 해주다 이내 인내심이 바닥났다는 듯이 화를 냈다. 뭔가 집중해서 보는데 자꾸 끼어들어서도 그랬겠지만 엉뚱하고 어이없어 했던 것 같다. 내가 자꾸 스토리나 캐릭터를 너무나 창조적으로 해석하려 했던 것이다. 자라서도 선생님이나 친구들 말을 잘 못 알아들을 때가 많았다. 웃어야 할 타이밍을 자주 놓쳤다. 갑자기 말을 쏟아놓거나 웃음을 참지 못할 때도 있었다. 주로 참을 수 없는 화 때문이었는데 큰 싸움이 나고는 했다. 상대방의 신경줄을 긁어대는 말들이어서 다들 할말을 잃었다. 몇몇은 울었고, 몇몇은 더 만날 수가 없었다. 이십대가 되어서도 별로 좋아지지는 않았다. 훈련과 적응으로 좀 가릴 수는 있게 되었다. 대화에 잘 끼지 못하는 것도 여전했다. 편집증적이라는 동료의 말에 상처를 받아서 내내 미워했다. 문장과 문장 사이, 문단과 문단 사이 가지런한 사유를 전개하는 데 커다란 어려움을 느꼈다. 생각의 속도와 말의 속도가 달랐고, 그 속도 차이를 제어하며 글을 쓰기가 매우 어려웠다. 한 문장, 한 문단이 끝나기 전에 감정은 또다른 곳으로 이미 달아나버리기 일쑤였다. 그냥 대충 해치울 수 없는 세계에 한 발을 담그고 읽는 것을 더 좋아하게 되었다.

2

띄엄띄엄 쓰고 읽어도, 멋대로 쓰고 읽어도 되니 시란 나의 최적의 장소였는지도 모르겠다. 그러나 정작 시의 모티프를 얻는 단계, 시를 쓰는 단계, 다 쓰고 고치는 단계에서 끊임없이 변주와 변동이 일어나 처음의 것과 나중의 것은 현저히 차이가 났다. 그러나 그러한 이격이 나를 더욱 즐겁게 하고 그러한 변주까지가 창조적인 작업이라는 생각이 든다. 절실한 봉합의 흔적들이 내게도 있다.

옷걸이에 걸린 구겨진 옷들이 무섭게 느껴진 적이 있었다. 내가 입던 바지 속에서 나는 빠져나왔는데 나의 무엇인가가 거기에 고스란히 담겨 있다는 이상한 착각과 환상에 사로잡혔다. "나의 기분이 나를 밀어낸"다고 해야 할까. 「청바지를 입어야 할 것」이라는 시는 그런 경험에서 비롯된 것이지만 그렇게 읽히지는 않는 모양이다. 청바지라는 소재의 특이성 때문에 경쾌하게 읽히는 것 같다. "감정적으로 구겨지지만 나는 그것이 내 기분과 같아서 청바지를 입어야 할 것"이라는 주문에서 나는 끝내 바지 속으로 숨어드는 내 자신의 두려움을 보게 되었다. 말라 죽은 화초의 시든 잎이 어딘가를 정확히 가리키는 손가락처럼 보였지만 내가 살고 있는 세계에서 명확한 방향을 잡아 걸어가기 어려웠다.

꿀에 대한 이상한 집착과 중독 증상이 내게는 있다. 배가 아파도 감기가 와도 나는 만병통치약을 대하듯 꿀을 먹는다. 그게 꼭 달아서 그런 것 같지는 않다. 어릴 적 가난하고 별다른 약이 없던 시절에 입이 짧고 허약한 내게 부모님은 자주 꿀을 주셨다. 그러니까 이 끈끈하고 찐득한 액체는 내게 이상한 미신과 주술을 걸고 있는 셈이다. 「꿀이라고 생각되는 맛」을 쓰면서 나는 꿀에 대한 나의 집착에서 벗어나고자 했지만 결과적으로 그러지는 못했다. 여전히 나는 이 맑고도 누런 액체에 숟가락을 꽂고 있다. 시에서 유리 같은 꽃과 굉장한 말벌과 꿀장사에 대해, 위험한 여자들과 호숫가에서 자살한 가수에 대해 두서없이 늘어놓으면서 나의 불안을 극복하고 싶었던 것인지도 모르겠다. "꿀이라고 생각되는 맛의 침이 입가에 고여서 잠깐 웃을 수 있었을 것이지만"이라고 끝나고 있지만 나는 전혀 웃고 있지 못했다.

친구들이나 동료들이 종종 길을 떠났다. 가까운 거리에 있을 때는 자주 만나지도 않으면서 어딘가 떠난다고 하면 불안했고, 그들이 말할 수 없이 그리워졌다. 그들을 더 절실하게 느끼는 것은 그들이 멀어질 때인지도 모르겠다. 「우리는 같은 이름으로」에서 나는 그런 '관계'에 대해 풀어보고자 했던 것 같다. 언젠가 그 시가 누군가의 입을 통해서 낭송되는 걸 들었는데 어쩐지 친밀한 느낌을 주었다. "우리는 같은 이름으로 자전거를 타자 바퀴를 굴리면 쏟아지는 달콤한 풍경들이 우리를 지울 때까지 우리의 이름이 될 때까지"는 서로 다른 시공간에 있는 나와 그들이 어쩌면 같은 생각, 비슷한 느낌에 머물 수도 있다는 생각에서 씌어진 것이다. 우리는 서로 많이 다르지만 또 어쩌면 비슷한 모습으로 늙어가고 있는 것인지도 모르겠다. 근거 없는 응원과 지지를 보내는데 그게 사랑일까. 끝내 단 하나의 같은 이름으로 불릴 수 없는 것을 알면서도 서로에게서 자신의 얼굴을 보게 된다. 어쩌면 서로가 조금씩 지워지는 이 마주 봄의 자세가 우리가 가질 수 있는 새로운 이름인지도 모르겠다.

「고요한 오렌지빛」은 별에 관한 시를 써달라는 청탁을 받고 쓴 시이다. 청탁에 응했으나 콘셉트가 웃기다고 생각했다. 별과 같은 시적 느낌이 강한 소재로 시를 쓰기는 정말 어려워서 오래 고민하게 되었다. 할 수 없이 나는 사람이 죽어 별이 된다는 동화 속 스토리에 의문을 갖는 방식으로, 별에 입술을 달아준다면 어떤 소리가 흘러나올까라는 엉뚱한 질문을 하는 방식으로, 밤하늘을 보며 추억에 빠지는 연인들의 모호한 사랑에 대해서 시를 썼다. 그렇게 따뜻하고 다정한 시가 되지는 않았다. "가늘고 긴 유리관 속에서 색색의 모래알들이 흘러내릴 때 서로 다른 의문과 비밀이 잇닿은 곳에서 우리의 심장은 뜨거워지다가 차가워지다가"는 내게 이르는 별빛이 별의 존재와 무관하다는 생각에서 비롯된다. 내가 상상하기 어려운 먼 거리에서 별은 이미 폭발하고 없는데 내가 그 별빛을 바라보며 어떤 감상에 젖는다면 그것은 얼마나 난처한 일인가라는 생각이 들었던 것이다. 그럼에도 불구하고 나는 그 '고요한 오렌지빛'을 남몰래 오래 흠모했던 것 같다.


3

영화 〈프랭크〉는 예술 창작에서 소통이란 그다지 중요한 것이 아니라는 사실을 이야기하고 있다. 중요하지 않을뿐더러 예술 그 자체를 망가뜨린다는 좀더 적극적인 태도를 취하는 것인지도 모르겠다.

존은 음악에 빠져 있는 열혈 청년이다. 길거리를 지나면서 그는 눈에 보이는 모든 것들을 머릿속에서 노래로 옮겨보고 집에 돌아와 키보드를 누르며 자신이 생각했던 그 노래를 만들어보고자 애쓴다. 그런데 쉽지가 않다. 어디선가 들어본 것 같고, 그리 훌륭한 노래가 되지 못한다. 열망에 비해 능력이 좀 모자란 존에게 기회가 온다. 우연히 인디밴드의 매니저 돈과 만나게 되고 밴드 공연에서 키보드를 맡게 된다. 공연은 어설프게 끝났지만 이후 앨범 작업을 위해 존은 그들과 함께 길을 떠나는데, 하던 일도 그만둔 채 숲속 오두막에서 새로운 음악 세계를 빠져들게 된다. 밴드의 중심인 프랭크는 영감을 불러일으키며 작업을 이끌어간다. 보풀을 보면서도, 칫솔을 들고서도, 빨대를 물고서도 그는 리듬을 탄다. 새로운 악기를 만들어내고, 표기법을 창안하고, 신체 훈련을 하기도 한다. 천재적 감성을 갖고 있는 프랭크는 괴짜다. 커다란 가면을 뒤집어쓰고 지내면서 절대 벗어놓지 않는다. '무표정한' 가면은 우습고 이상하지만 맨얼굴도 그에게는 이상하게 느껴진다. 클라라 등 다른 멤버들은 그런 프랭크를 지지하지만 존에게는 그다지 호의적이지 않다. 존은 밴드에 합류하여 음악 작업을 하면서 앨범이 만들어지는 과정을 SNS에 알리는데, 존이라는 매개자를 통해 밴드는 바깥세상에 조금씩 알려지게 되는 셈이다. 그렇다 하더라도 자기 세계에 빠져 음악에만 열정을 쏟는 밴드 멤버들은 다른 이들과 대화하는 데는 관심이 없다. 자신의 음악들이 대중들에게 어떻게 들릴지조차 무관심하다. 기이한 행동과 감정적 변덕 때문에 번번이 충돌하고 사고가 나면서도 음악 그 자체에 심취할 뿐이다. 존을 밴드의 멤버로 영입했던 매니저 돈은 녹음을 앞두고 자살한다. 존이 실질적으로 새 매니저가 되어버린 셈이다. 앨범 완성을 위해 비상금까지 모조리 털어쓰게 된 존은 밴드를 설득해 대중들에게 선보일 공연 기회를 잡는다. 노래를 좀 바꿔보자는 존의 제안에 반대하여 멤버들은 해체되고 공연은 엉망이 된다. 클라라는 존의 다리를 칼로 찌르며 극렬 반대하고, 대중들에게 나서고자 했던 프랭크조차 그런 음악을 자신이 원했던 것이 아니라는 사실을 어렵게 깨닫는다. 가면은 산산조각 나고 프랭크는 사라진다. 존은 자신의 잘못을 깨닫고 프랭크를 찾아 나선다. 가까스로 찾아낸 프랭크를 밴드 멤버들에게 다시 데려오는데, 맨얼굴의 프랭크는 다른 멤버들에게 음악과 멤버들에 대한 자신의 사랑을 노래한다. 일반인들은 발음하기조차 어려운 이름을 가진 이 밴드는 낯설고 기괴한 음악을 만들며 자신들의 음악 세계를 지켜갈 것이다. 대중들에게 사랑을 구걸하지 않겠다는 멤버들의 삐딱한 눈빛은 이들의 존재 조건이 되는 셈이다.

소통과 대화란 아주 중요한 것이지만 모두에게 꼭 그런 것만은 아니라는 영화의 메시지에 동감한다. 늦은 밤 내가 하고 싶은 것은 나 자신과의 내밀한 대화다. 어둠과 침묵 속에서 또다른 나와의 어설픈 계약은 지속된다. 내 고유성이란 어쩌면 내 주변의 사람들이 낳은 허상인지도 모르겠다는 생각에 빠질 때가 있다. 사람들은 자신의 허상을 몹시 사랑하는 것 같다. 나는 내 손가락으로 글을 쓰고, 내 손으로 밥을 먹고, 내 발로 길을 걸어간다. 그런 나를 벗어나기란 몹시 어렵다. 나의 피부이자 옷이자 가면인 글들을 물끄러미 바라보는 마음은 애처롭기 짝이 없다. 진한 사랑이기도 하고, 말할 수 없는 짜증이기도 하고, 부끄러운 연민이기도 한 것을. 조금 '무표정하게' 그것들을 바라보고 싶다.

# 시는 알지 못하는 것에 대해
# 모른다고 말하지 않는다

— 세 편의 영화로 풀어쓰는 시와 미지의 접속 관계

## 1. 뒤따라오는 죽음과 추격하는 삶

〈올드보이〉는 복수에 관한 영화이다. 오대수는 사설 감옥에 이유를 모른 채 감금당하고 십오 년 만에 바깥세상에 나온다. 영화는 오대수가 자신을 감금한 이를 찾아가는 과정을 보여준다. 수수께끼를 풀듯 따라가보니 자살한 여동창생과 그녀의 남동생을 만나게 된다. 우진은 사랑하는 누이를 잃고 오대수에게 오랜 시간 복수를 계획했던 것이다. 오대수의 방정맞은 입에서 흘러나온 소문이 수아를 임신시키고 그녀가 자살에 이르게 된 과거 사건들이 드러난다. 오대수는 감옥에서 미리 걸어놓은 최면대로 일식집 요리사 미도와 사랑에 빠진다. 근친상간이 다시 한 번 반복되는 순간이다. 미도가 친딸이라는 사실을 알고 대수는 자신의 혀를 자른다. 우진에게 용서

150

를 구하기 위해서가 아니라 딸에게 알리지 말 것을 부탁한다는 의미에서다. 복수가 끝나자 삶의 의미를 잃은 우진은 자살한다. 대수는 다시 최면술사를 찾아가서 그간 자신이 겪었던 일들을 고백하고 도와달라고 부탁한다. 최면술사는 기억을 부분적으로 지워주는데, 망각 속에서 대수는 행복할 수 있을까. 영화는 근친상간을 둘러싼 복수를 표면적으로 다루고 있지만 사랑과 앎, 소문과 진실, 기억과 망각, 죄와 용서의 문제를 제기하며, 이 모든 삶의 문제가 죽음으로도 씻길 수 없음을 보여주는 것 같다. 죽음은 삶이 끝난 자리인 것처럼 보이지만 삶을 추동하는 가장 강력한 동인으로 작용하는 것이 아닐까. 우리 모두는 죽음을 안다. 언제 어떻게 그것이 나를 집어삼킬지 모른다는 것을 안다. 이 모름을 끌어안고 산다는 점에서 인간은 누구나 무지의 용기를 얼마간 갖고 있다. 우진은 대수에게 말한다. 알고도 사랑할 수 있을까, 라고. 누나와 나는 알면서도 사랑했다고. 근친이 아니더라도 사랑은 이 앎과 모름의 문제를 언제나 끼고 있는 것 같다. 알면 사랑할 수 없을 것이다. 무지에서 출발하여 앎을 뛰어넘는 것이 사랑의 위대한 힘이 아닐까. 감옥에서 쓴 오대수의 일기(속죄의 시간에 대한 기록)는 한 편의 소설이자 결과적으로 시다. 감금의 원인을 찾고자 자신의 모든 앎(과거의 잘못, 실수, 악연)을 기록하였지만 거기에는 정답이 없었다. 진짜 이유는 망각 속에 철저하게 은폐되어 있었다. 그러나 과거를 회상하며 쓰는 행위는 오대수에게 그 자체로 감금의 시간을 견디게 해주었으며 삶을

151

이어갈 수 있게 해주었다. 시 역시 알지 못하는 것에 대해 모른다고 말하지 않고 계속 쓰여지는 것 같다. 그 내용이나 형식으로서 존재하는 것이 아니라 쓰는 행위 속에서 앎과 무지 사이를 접속하는 에너지가 발생하는 것 같다. 시가 언어를 통해 미지에 접속할 수 있다면 바로 자신과 대면하여 매순간 무엇인가를 적어가는 바로 그 행위 속에 있을 것이다. 무지하지만 사랑할 수 있고, 사랑을 통해 삶을 기억하는 일이 된다고 해야 할까. 기억이 아니라면 삶/죽음은 무의미한 해프닝에 불과할 것이다. 아무리 형편없는 놈이라도 살아갈 권리는 있는 것이니까, 라는 말이 영화에서 두 번 반복되는데 이 말을 고쳐 본다. 아무리 형편없는 놈이라도 쓸 권리는 있는 것이라고.

## 2. 알 수 없는 과거와 뻔한 미래

〈301 302〉에서 한 여자는 요리와 음식에 집착하고 다른 여자는 섹스와 음식을 거부한다. 그녀들이 이웃이 되어 한 여자가 다른 여자의 문을 두드린다. 포만한 위장과 숨이 끊어질 듯한 허기 사이에서 그녀들은 어떻게 만날 수 있을까. 301에게는 남편과의 불화와 이혼이, 302에게는 의붓아버지의 성폭행과 이웃집 소녀의 죽음이라는 트라우마가 자리잡고 있다. 치유받기 어려운 상처들이다. 그러나 그녀들의 기이하고도 이상한 결합은 비단 과거 상처 때문만은 아닐 것이다. 실제 영화의 원작이라고 할 수 있는 장정일의 시 「요리사와 단식가」에는 그런 내면 서사가 없다. 그들은 반대자로서 서로에게 얼마간 폭력적이지만 그들의 만남은 필연적인 것처럼 보이기도 한다. 우연히 그들에게서 행복이 빗겨갔으며 그들은 기계적인 사랑을 거부했다. 사회적 규범과 관습이 그녀들에게 머무르지 않는 까닭에 그녀들의 욕망은 새로운 사랑(결합 방식)으로 나아갈 수밖에 없었던 것이 아닐까. 301은 새로운 재료를 찾아 나서고 302는 기꺼이 그녀의 요리 재료가 되어준다. 단식가를 삼킨 요리사를 무엇이라 호명해야 할까. 301 302 사이에는 '~와/과'와 같은 접속 조사도, 쉼표나 가운뎃점도 허용되지 않는다. 그녀들의 결합은 남녀 간의 사랑과 결혼이라는 평범하고 이상적인 방식과 다르다. 보통의 상식과 규범의 건너편에서 그녀들은 대화한다. 소리가 없고 울림이 없고 결과가 나오지 않는 소통 방식이다. 한 편의 시가 그러하지 않을까. 강박적이고 기이하고 무능한 시/시인과 시쓰기 말이다. 시가 좀 이상하다면 그것은 과거와 화해하지 않으려는 포즈 때문일 것이다. 관습을 거부하고 상식을 넘어서고 인습을 타파하려는 시의 몸짓 말이다. 시가 쓰여지면서 과거는 새로워지지 않으면 안 된다. 시는 현재에 발 딛기를 거부한다. 뻔한 미래로 가고자 하지 않는다. 시간을 역전시키고 전복시키는 시야말로 본연의 모습에 가장 충실한 시가 아닐까. 사물이 새로워지고 세계가 다시 보이기 시작하는 순간을 향해 시의 언어는 움직인다. 시는 삶을 사랑하지만 결과가 아니라 원인으로서 그러하며, 금기에 도전함으로써 스스로 외설적인 것이 되려는 힘을 갖고 있다. 보통의 시계가 반복적이고 균질적이고 폭력적이라면 시는 그 시계를 깨려 한다. 내 안에서 무럭무럭 자라는 과거를 거두는 일, 현재를 위해 출발하지 않는 일, 미래라는 환상을 깨는 일, 그것이 바로 시의 몫이고 시가 미지의 시간에 접속하는 방식이라고 할 수 있다. 아직 이 세계는 완성되지 않았기에, 끝난 것이 아니기에 시라는 이상한 시간도 지속된다. 〈301 302〉가 그러했던 것처럼 외로움은 끝내 해결되지 않는다. 삶에서 외로움을 끌어안는 일이 아니라면 긴 두 팔은 어찌 보면 무용할 거라는 생각이 든다. 시는 새로운 사랑을 꿈꾸며 매 순간 길을 떠난다. 사랑이 기계적인 것이 되는 순간 시는 거기 머무르려고 하지 않는 것 같다. 새로운 사랑을 쫓아간다는 점에서 시는 미지를 향해 발을 뻗은 채 무책임하고 긴 여정에 든다.

### 3. 우연한 행복과 기계적인 사랑

〈가족의 탄생〉이 보여주는 가족 구성원들의 모습은 다소 무능하고 불구적인 것처럼 보인다. 딱히 혈연관계로 맺어진 것도 아니고 남녀 간의 사랑이 결혼이라는 행복한 결말에 이르지도 않는다. 문제는 더 복잡하다. 첫번째 에피소드에서 착한 누이 미라와, 남동생 형철의 나이 많은 여친 무신과, 무신의 전남편의 전아내의 딸 채현, 이렇게 세 여자는 함께 살게 된다. 그들의 피는 제각각이지만 함께 밥을 먹게 된 것이다. 두번째 에피소드에서 선경은 평생 결혼하기를 거부하고 애인만 바꾸는 엄마 매자를 이해할 수 없다. 그녀는 엄마와 엄마의 유부남 남친에게 강한 거부감과 증오를 드러낸다. 안정적 트라이앵글이 그려지지 않는 것은 당연하다. 선경은 늘 바깥에 위치한 채 흘러다니는 엄마를 바라보는 것이 힘들고 불안하다. 그런데 선경이 옛 남자친구 준호와 우연히 만나 아무렇지도 않게 기념사진을 함께 찍자고 할 때 그녀는 정확히 엄마처럼 관계의 바깥에 서 있는 것처럼 보인다. 병 걸린 엄마가 죽고, 엄마가 가져다놓았던 커다란 가방에서 선경은 어린 시절 갖고 놀던 추억의 물건들을 한아름 떠안고 울게 된다. 이부 남동생을 거두면서 선경은 죽은 엄마를 조금씩 이해할 수 있게 된 것일까. 선경은 가이드 일을 하며 합창단원으로 활동하는데 노래는 그녀에게 날개를 달아주고 그녀를 고양시킨다. 가족의 울타리가 아니라 소리의 하모니 속에서 안정감과 행복을 느끼는 듯하다. 그녀 역시 엄마 매자처럼 사랑과 결혼이라는 구도 바깥에서 웃으며 살아가게 된다.

세번째 에피소드에서, 피가 전혀 섞이지 않은 엄마를 둘이나 갖게 된 채현과, 이부 누이 선경 밑에서 자란 남동생 경석은 우연히 기차에서 나란히 앉게 된다. 채현과 경석은 좌충우돌 티격태격 연애를 이어간다. 채현은 헤프다 싶을 정도로 너무 착하고, 경석은 자신에게만 집중해줄 것을 요구한다. 그 간극은 그들의 과거 경험, 즉 지나온 시간의 힘이 만들어낸 것으로 쉽사리 좁히기 어렵다. 그 둘을 한 밥상에 불러 앉히면서 영화는 가족이 꼭 혈연관계에 의해서 탄생하는 것은 아닐 거라고 말하는 것 같다. 사람 사이에는 언제나 빈틈이 있고 오해가 있다. 그럼에도 불구하고 관계가 형성되고 유지된다. 연애가 끝날 때도 그 자리는 사라지는 것 같지 않다. 채현과 경석이 헤어지기로 했는데도 함께 밥상머리에 둘러앉을 때 이들은 남남이 될 수 없다. 어쩌면 가족이 탄생하는 지점은 충돌과 오해, 빈틈과 간극을 통해서인지도 모르겠다. 그럼에도 불구하고 서로 묶여 있는 끈을 풀지 못할 때 말이다. 가족은 이제 새로운 공동체가 되지 않으면 안 될 것 같다. 영화 속 인물들은 종종 화가 나서 말한다. 도대체 나한테 왜 이래, 라고. 그 이유를 상대방은 쉽게 대답하지 못한다. 시와 세계가 맺는 관계 역시 비슷한 것 같다. 사물에 대한 이해와 세계에 대한 해석을 멈추지 못한다. 온전히 이해할 수 있다거나 완벽히 해석할 수는 없을 것이다. 새로움을 찾거나 재해석을 시도할 때조차도 끊임없이 발생하는 오해와 간극은 언어 자체의 운명일 것이다. 시인은 그러한 언어의 운명에 몸을 실은 자로서 잠깐 행복하고 오래 불행하다. 어떤 불행감은 고양되는 삶과 마주한다. 기꺼이 쓸 수밖에. 기계적인 사랑과 안정적 구도를 거부한 채 앞으로 나아가려는 몸짓은 시인의 것이어서 그의 피는 뜨겁고, 사랑받기 어려운 종류의 것인지도 모르겠다.

　나를 둘러싼 이 세계에 알지 못하는 것이 너무 많이 존재한다. '아직' 알지 못한다고 했을 때 그냥 단순히 알지 못하는 것이 아니라 언젠가는 알 수 있을 가능성이 있다는 말처럼 느껴진다. 끝내 알지 못하더라도 조금씩 알아가기 위한 움직임을 멈출 수 없다는 말처럼 느껴지기도 한다. 먼저 떠오르는 것이 죽음과 사랑과 미래이다. 죽음은 삶을 바라보고 있고, 사랑은 우연하고도 짧은 행복인 것처럼 느껴졌다. 알지 못하는 미래는 지나온 과거, 못마땅한 현재와 불투명한 끈으로 연결된 것처럼 생각된다. 그러나 나의 이런 생각은 정확히 잘못되었다. 시를 쓰면서 나는 조금씩 교정되고 있는지도 모르겠다. 내가 뭐 대단한 걸 알아서 시를 쓰며 미지의 고찰을 하는 것이 아니라 부족하고 무능하고 덜떨어져서 시가 나를 선택한 것이다. 바라건대 시가 낮은 자리에서 세계와 접속하기를. 비루한 세계 숭고한 예술이라고 말하지만 거꾸로 적어본다. 숭고한 세계 비루한 시라고. 쓰는 행위를 통해 이것이 매번 역전되기를. 역전을 통해 이 세계가 조금 꿈틀거리기를, 매번 흔들리기를 기대해본다. 이 기대감은 시가 미지를 고찰하는 궁극의 이유와 만난다.

# 꿀문학이라는
# 불가능한 말

　선거일이다. 세수도 안 하고 모자를 눌러쓴 채 아침 일찍 나섰는데 투표소 입구에 사람들이 길게 줄을 서 있다. 참 부지런도 하여라. 같은 중학교에 투표하러 간 것도 벌써 서너 번은 된 것 같다. 희망이나 기대 같은 것은 별로 없다. 고민 없이 찍고 왔다. 누구를, 어떤 정당을 지지하는지 나서서 말하지 않았지만 투표 결과는 매번 실망스러웠다. 정치적 상황은 교문 앞에 늘 서 있는 용달차만큼이나 변하지 않는 것 같다.

　계절마다 용달차 물건이 조금 다르기는 하다. 이번에는 꿀오렌지와 꿀참외였다. 한 봉지에 오천 원, 만 원이다. 오렌지 수입이 폭발적인가보다. 대형 마트에 가보면 오렌지 무덤이라 할 만큼 쌓여 있다. 세일이라 그런지 당도가 높아서인지 사람들이 많이 사간다.

미국 캘리포니아에는 가보지 못했다. 오렌지 나무도, 오렌지 농장도 머릿속에 잘 그려지지 않는다. 오렌지를 쳐다보고 있으면 괜히 문서 번역도 제대로 하지 못하는 나라에서 오렌지나 씹고 있는 것이 아닌가 해서 내가 다 창피하다. 성주도 마찬가지다. 잘 알지도 못하는 그곳의 참외를 여름마다 와삭와삭 맛있게 먹는다. 노랗고 길쭉하고 솜이 보송보송한 것. 그냥도 단데 '꿀'까지 붙었으니 얼마나 달까.

문득, 투표 후의 무력한 발걸음을 다시 집으로 옮기며 문학에 '꿀' 자를 붙여 혼자 중얼거려보았다. 꿀문학. 아이돌 스타의 몸매를 소비하며 한동안 꿀벅지라는 말이 유행할 때 나는 그 말이 너무 민망스러웠다. 그런데 어쩐지 꿀문학이라는 말도 불편하고 어색한 것 같다. 삼킬 때마다 목에 걸리는 큼직한 알약처럼. 그러니까 꿀은……

큰아버지께서 양봉을 하셔서 종종 보내주셨다. 찬장 안쪽 귀한 자리를 차지하고는 했다. 어려서 감기를 앓을 때마다 한 숟가락씩 그걸 떠서 삼키면 맛이 지독하고 어지러웠다. 꿀 뚜껑을 열라치면 막 도망갔다. 그런데 다 크고 나서는 스스로 뚜껑을 열어 떠먹게 되었다. 똑같이 찬장에 넣어두지만 설탕보다 훨씬 귀한 단맛이라는 느낌이 들고는 한다. 설탕과 화학 성분이 별다르지 않다는 말도 있고, 설탕에는 없는 미량의 성분을 포함하고 있어서 감기약보다 효능이 좋다는 말도 있다. 그러나 저러나 꿀은 기호 식품일 뿐이다. 못 먹어서 안달나지도 않을뿐더러 그게 없다고 굶어 죽지도 않는다. 그런데 나는 찬장에 꼭 꿀을 보관하고 산다. 어쩐지 그게 없으면 안 될 것 같다.

바로 그 꿀을 오늘은 문학에 붙여보았다. 달콤함이라는 수사를 위해서가 아니라 무엇인가를 향해 자발적으로 걸어들어가게 하는 어떤 힘을 기대하고 싶었던 것일까. 어린것이 기침을 해서 꿀을 어떻게 좀 먹여보려고 했으나 입을 벌리지 않았다. 곰돌이 푸가 제일 좋아하는 게 뭐지, 했더니 슬쩍 입을 벌리고 받아먹었다. 웃긴다. 이야기의 힘인지도 모르겠다. 황금보다도 꿀을 좋아하는 푸는 루, 피글렛, 티거와 모험을 떠나고는 한다. 뽀로로를 통해서는 언제나 즐거워를, 로보카 폴리를 통해서는 도와줘를, 곰돌이 푸를 통해서는 꿀을 배운 모양이다. 어린이집에서 침 뱉기와 거짓말을 배운 것처럼. 이 모든 것이 꿀문학의 자양분. 모방과 즐거움, 선택과 취향의 긴 터널에 들어서버린 것이다.

외젠 이오네스코는 『노트와 반노트』(동문선, 2003) 서문에서, "나는 기다리고 인내하면서 내가 할 수 있는 것을 했다. 나는 나의 시간을 살았다. 그렇지만 자기 자신과 타인을 분리할 줄 알아야 하며, 어쨌든 웃으면서 타인을 바라볼 줄 알아야 한다"고 말했다. '나의 시간'이 꿀처럼 흘러갔을 리는 없다. 인내와 기다림은 꿀맛과는 거리가 멀다. 자신과 타인을 분리해서 생각하는 것은 꿀을 흘리지 않고 따르는 일처럼 어렵다. 그럼에도 불구하고 웃으면서 타인을 바라볼 수 있는 태도란 무엇인가. 욕설과 비난과 눈물을 범벅해가며 싸운 적은 많다. 나는 죽을 때까지 웃으면서 타인을 바라볼 수 없을 것 같다. 그래서 시로 연습하는지도 모른다. 시를 쓸 때 나는 내 기분과 감정을 다른 사람의 것처럼 떼어내서 만지고 주무른다. 타인의 그것을 내 것처럼 흡수하고 앓을 때도 있다. 나는 시가 아니면 타인과 더불어 살고 있다는 사실을 실감하기 어렵다. 그러니까 시는 몸과 마음을 다른 자리에 둘 수 있게 한다. 그러나 언제라도 나는 내 자리로 되돌아온다. 나는 그 돌아오기 직전의 상태를 시가 시인에게 주는 꿀의 시간이라고 말하고 싶다. 물처럼 주르르 쉽게 흐르지 않고, 조금 끈적하게 서서히 흐르는 시간 말이다. 그 미묘하고 애틋한 시간 속으로 언제라도, 스스로 걸어들어가고 싶은 것이다.

기다렸지만 첫아이는 늦게 왔고, 뜻하지 않게 둘째 아이는 빨리 왔다. 내 몸과 마음도 뜻대로 되지 않는데 아이들까지 주렁주렁 달고 나는 언제라도 소리지르고 화를 낸다. 고상하고 우아하게 늙어가고 싶었는데 짜증난다. 요즘 같아서는 내가 바구니, 상자가 된 것 같다. 내 안에 예상 밖의 것이 자꾸 담긴다. 자매를 어떻게 키울까, 글은 어떻게 쓸까 뭐 그런 생각을 하면서 지내다가 『원더보이』(김연수, 문학동네, 2012)를 읽게 되었다. 내 삶과 아이들에 대해 내가 참으로 건방진 태도를 가지고 있다는 것을 알게 되었다. 아무도 삶의 의미나 존재의 의의를 가르쳐주지 않는다. 나 역시 내 삶에 대해서도, 아이들에 대해서도 아무것도 확신할 수가 없다. 알 수 없는 시간이 우리를 조금씩 삼키고 있을 뿐. "지금 자기에게 없는 사람이나 없는 것들을 소망"하는 사람들의 틈에서 원더보이에게 배고픔이 몰려오고, 만두를 잊기 위해 걸어보지만 걸을수록 만두는 더욱 또렷하고 생생해진다. 거리에서의 우연한 발견을 필연의 것으로 엮어가듯이, 자기 자신을 찾기 위해 우리 모두에게는 놀라운 능력이 숨어 있는지도 모르겠다. 아버지 어머니에게서 나왔으나 결코 아버지 어머니와 겹쳐질 수 없으며, 그렇게 될 수 없는데 또다른 아버지 어머니가 돼서 그 끈을 잠시도 놓을 수 없다.

꽃이 피지 않는 계절, 비가 많이 오는 계절에 양봉업자들은 벌들에게 설탕물을 타서 준다고 한다. 꽃에 긴 대롱을 넣어 빠는 대신 설탕물에 발 담근 벌떼를 상상해본다. 플라스틱 바가지가 꽃처럼 보일까. 꽃의 성분을 단순하게 옮기는 것이 아니라, 배설 과정을 통해 만들어진다는 점에서 꿀은 문학적인 것도 같다. 현실과 꿈을 매개하는 문학적 상상력 속에는 얼마간 꿀이 흐른다. 현실이 우리의 상상을 매번 배반하기는 해도 말이다. 어쩌면 그래서 우리는 더 부지런히, 억척스럽게 문학에 매달리지 않을 수 없나보다.

『발명 마니아』(요네하라 마리, 마음산책, 2010) 목록에 있는 것들이 모두 현실화된다면 멋진 삶이 펼쳐질 것이다. 삼백육십오 일 모든 사람들이 꿀인생을 즐길 수 있을 것 같다. 특별히 내 눈길을 끄는 것은, 한겨울에 손 시리지 않게 누워서 독서하는 법, 마음이 편해지는 네이밍, 연휴가 줄어들지 않는 달력, 꿈 주입기 등이다. 그러나 발명 마니아의 어느 것도 발명되지 않도록 고안된 것이 이 세계인지도 모르겠다. 현실은 상상력보다 더욱 기괴하고 어이없다. 우리가 알지 못하는 곳에서 상상을 뛰어넘는 간악한 일들이 매 순간 벌어진다. 이라크 파병 미 군의관들이 '죽어가는' 이라크 군인들과 민간인들의 장기를 적출해간다는 사실이 알려졌다. 미국의 비즈니스 마인드가 군수물자와 석유산업뿐만 아니라, 인간의 신체에까지 이르고 있다니 할말이 없다. 민간인 학살이 비공식적으로 십만에 이른다는 통계도 있다. 엉뚱한 발명을 대신해 글과 말이, 상상력과 진실이 전투적 자세를 취한다. 언제나 패하지만 그 패전의 자리마다 새로운 세계에 대한 가능성이 꿀처럼 맺히기를.

시를 쓰는 이유를 묻는 것은, 왜 사냐고 묻는 것만큼이나 대답하기 어려운 문제다. 내 안에 그 이유가 분명하고 정당하게 주어져 있지 않기 때문이다. 왜 사는지 모르면서 삶의 의미나 가치를 물으며 살듯이 왜 쓰는지 모르면서 스스로에게 질문을 던지며 매 순간 무엇인가를 적어간다. 삶의 모든 국면에서 물음표를 발견하게 된다. 그 물음표는 물론 꿀과는 거리가 멀다. 미지의 것, 알 수 없는 것을 더듬거릴 뿐이다. 무분별한 생각의 덩어리들, 오해와 착각과 무모한 열정, 이름 붙여지지 않는 기분과 감정들, 사소한 즐거움과 오랜 열패감이 내 삶과 글을 이끌어갈 것이다. 그리고 꿀수박의 계절을 지나 꿀사과, 꿀배의 계절이 올 것이다. 꿀문학이라는 말은 영원히 유행되지 않을 것 같다.

# 망치란
# 무엇인가

인생이란 나를 때려눕히는 망치인가.

내 말이 아니라 프레셔스의 말이다(리 대니얼스, 〈프레셔스〉, 2009). 프레셔스는 가난하고 뚱뚱한 흑인 소녀이다. 솔직히 말해서 그녀는 고릴라 같다. 너무 비대하고 어글리해서 보기 민망하다. 외모 때문이라면 '인생'을 '망치'에 비유하는 것은 과도해 보인다. 그녀는 아버지의 아이를 둘이나 낳았고, 어머니에게조차 구박과 성적 착취를 당한다. 다운증후군으로 태어난 첫째 아이 몽몽은 할머니에게 맡겨지고, 두번째 아이 역시 그녀의 어머니로부터 내동댕이쳐진다. 너무 늦은 감이 있지만 그녀는 아이를 안고 집을 떠난다. 대안학교 선생의 도움으로 독립적인 삶을 꾸려나가기 시작하지만, 아버지가 죽었다는 소식과 함께 그녀 자신도 에이즈 양성 판정을 받게 된다. 철저하게 '때려눕혀진' 그녀의 삶을 들여다보는 것은 그녀의 민망한 외모를 지켜보는 것보다 더 불편하다. 그건 불편함이 아니라 참혹함인 것 같다. 프레셔스가 인생을 무엇에 비유하든지 그녀의 삶을 표현하는 데 충분치 못할 것이다. 표현하는 대신 그녀는 환상에 한쪽 발을 담그고 있었다. 온갖 폭력과 구박에 시달릴 때마다 그녀의 고통스러운 삶을 가려줄 화려한 무대가 머릿속에서 펼쳐지고는 했다.

그녀가 대안학교에서 글을 배우기 시작하면서 그녀의 환상은 멈춘다. 이 '환상'의 자리에 그녀가 배운 '글'이 자리하게 된다. 그녀는 더이상 거울 속의 자신을 날씬하고 사랑스러운 금발의 백인 여성으로 상상하지 않아도 좋았다. 자신을 들여다보기 시작한 곳에 '글'이 놓인다는 것이 그리 특별한 일은 아니다. 표현과 함께 대상을 바라보게 되고 그것을 바라보는 자신을 '창조'할 수 있게 되니까. 프레셔스에게 글을 가르치는 대안학교 교사가 레즈비언이라는 사실은 그녀에게 아무 문제될 것이 없다. 이성 간의 사랑으로 이루어진 한 가정이 그녀에게 주었던 것은 '망치'뿐이었다. '망치' 대신 '글'은 그녀를 그녀 자신에게 되돌려주기 시작한다. 생활 보조금을 받기 위해 억지로 불려나온 프레셔스의 어머니와 상담사와의 대화를 통해 프레셔스가 시를 쓴다는 정보가 슬그머니 흘려진다. 그녀가 어떤 시를 왜 쓰는지는 밝혀지지 않는다.

문화센터에 다니며 시를 배우는 멋쟁이 할머니 미자에게 뒤늦게 닥친 '망치'는 자신의 알츠하이머병과 자신이 키우고 있는 손자의 범행(동급생 성폭행)이었다(이창동, 〈시〉, 2010). 미자 할머니가 마지막 시 한 편을 쓰고 '죽음'을 향해 자발적으로 걸어들어갔다면, 프레셔스는 죽지 않는다. 다만 죽음 가까이에서 검고 무거운 육체를 버티고 그녀는 서 있다. 프레셔스는 살아 있는 동안에 자신의 아들딸을 지켜낼 것이며 아마도 시를 계속 쓸 것이다(〈프레셔스〉의 원제는 'push'). 〈시〉에서 「아네스의 노래」를 쓴 것이 미자인지 소녀인지 불분명해 보인다. 시를 사랑하는 할머니 미자와 성폭행당하고 자살한 소녀의 목소리가 겹쳐지며 인생은 '강물'이 되어버린다. 그러나 시적인 아름다운 변신이 결말이 되는 이야기에 나는 쉽게 동의할 수가 없다. 용서하거나 화해할 수 없는 자리에 '죽음'이 놓이고, 그 어쩔 수 없는 죽음을 기록하는 것이 '시'인 것은 어쩐지 불편하다. 시는 원래 불편한 것이지 무엇을 대신하거나 무엇을 위해서 불편한 것은 아니다. 시는 도덕적일 수는 없지만 더 높은 수준의 도덕과 만날 수는 있을 것이다. 시를 쓰는 양미자 할머니가 시를 찾아 헤맬 때보다 중풍 걸린 돈 많은 노인을 협박할 때나 다 늦은 밤 손자와 배드민턴을 칠 때 '시'는 더 가까이 보이는 것 같다.

길게 남의 이야기를 늘어놓아보았지만 남의 고통을 내 것처럼 실감할 수는 없다. 뼈아프게 들여다본다고 해도 '함께하기'란 좀처럼 어려운 법이다. 너무나 많은 작품들이 다양한 방식으로 고통을 의미화하고 있어서 고통받지 않고서는 문학할 수 없겠다는 생각을 하고는 했다. 이 고통은 자주 글을 쓰는 사람을 억압하는 것 같다.

그런데 잘 생각해보면 글을 쓰면서 자신의 고통을 내면화하는 일은 타인의 고통과 마주하는 일과 다르지 않다. 타자화의 욕망으로부터 주체는 떨어질 수 없는 것이다. 그런데 현실에서 이 욕망은 거지 취급받는다. 시인은 낙오자, 부적응자, 또라이처럼 그려진다. 무책임하고 이상한 행동을 일삼고 우스꽝스러운 존재로 인식된다. 아무때나 의심하고 공연히 트집 잡을 때 어느 면 그런 것도 같다. 시인 정호는 꽃에 대해서도, 구걸하는 거지를 보고서도 옆 사람들에게 시비를 건다(홍상수, 〈하하하〉, 2009).「아네스의 노래」가 인생과 자연, 그 시작과 끝을 사랑으로 모호하게 감싸버려서 불편함이 느껴졌다면, 영화감독 문경과 영화평론가 중식의 회고 속에서 시인이 노골적으로 희화화되는 것은 이상한 쾌감을 불러일으킨다. 통영의 여름엔 시인 말고도 '시인 같은' 지질한 존재들이 허다하게 많기 때문이다. 시라도 쓰면서 껄렁해지는 것이 그래도 낫겠다 싶은 것이다. 시인을 조롱하는 두 인물, 문경과 중식의 말은 영화 속에서 넘치고 그 범람은 심히 의심스럽다. 그런데 두 남자가 조롱하는 시인의 존재와 그가 쓴 시는 이 의심스러운 범람의 범주에 들어 있지 않은 것 같다. 〈하하하〉에는 시인이 쓴 시가 나오지 않는다.

세 편의 영화에 대한 간단한 주석을 달아보았지만 시를 쓴다는 것의 의미를 정확하게 전달할 수는 없는 것 같다. 나는 정확하고 분명한 것이 좋다. 계획적이고 기계적인 삶을 꿈꾼다. 남에게 피해주고 싶지 않고 나도 방해받고 싶지 않다. 그런 나의 체질과 시는 잘 맞지 않는다. 그러나 나는 대체로 그만한 즐거움을 주는 다른 일을 찾지 못했다. 내가 괴로울 때 엄마는 돈가스를 사주셨고, 내가 좌절했을 때 아버지는 꽃을 사오셨고, 내가 화났을 때 남편은 크림빵을 사온다. 아이가 울 때 나는 더 크게 운다. 나는 괴롭거나 좌절했을 때, 화가 날 때나 슬플 때 시가 더 잘 써지는 편이지만 기쁠 때나 즐거울 때, 행복할 때도 마찬가지다. 실연을 당하고 걷는 것이 힘들었을 때도, 첫아이를 갖고 두려울 때도 뭔가를 쓰고 있었으니 그것이 읽을 만한 것이든, 형편없는 것이든 쓰는 일을 멈추는 것은 어려운 일이다. 어쩌면 쓰지 않는 것이 내게 더 필요한 일인지도 모른다. 그렇게 하면 내 삶은 더 나아질 수도 있겠지만, 나의 말 뒤에 감춰진 침묵에 좀더 집중하는 일이 필요한 것 같다.

글을 쓰면서 나는 수시로 거짓말하고, 은폐하고, 왜곡한다. 부인하고, 협박하고, 폭로한다. 나는 여기 있는데 저기 있기도 하고, 어디에도 있는 것 같은데 아무데도 없는 것 같기도 하다. 여기까지 걸어온 것이 다행스럽기도 하고, 여기에 이른 것이 믿고 싶지 않을 때도 있다. 내가 나의 '근처'에 배회하게 만드는 것이 삶인지 시인지 모르겠다. 소모적이고, 무기력하고, 거추장스러운 기분에서 벗어나기 어렵다. 문득 모든 것이 멈춘 순간을 생각해보기도 한다. 그때도 여전히 나는 내 '근처'로 기록될 것이다(박민규, 「근처」). 그러나 어제와 오늘은 기분이나 감정을 갖기 어려울 정도로 여러 가지 일에 시달렸다. 오직 수면과 휴식이 필요할 뿐 아무것도 쓰고 싶지 않다. 커다란 욕조가 있고 뜨거운 물이 쏟아지고 거품이 부글부글 일어난다면 거기에 몸을 담그고 싶다. 욕조 근처에 포도주 한 병이 놓여 있다면 좋겠다. '마리샤'가 호호 하하 바꿔놓은 것이라면 더 좋겠다(천명관, 「유쾌한 하녀 마리샤」). 영원한 휴식을 취할 수 없을 때여야만 휴식을 구할 수 있으니까.

"나는 죽음을 이해하지 못하겠다"(배수아, 「올빼미의 없음」)는 고백으로부터 '나'는 출발하는지도 모른다. 창밖에 올빼미 없는 나무가 한 그루 서 있는데, 그 나무에 올빼미가 있었던 적이 있는지는 아무도 모른다. 이 '모름'을 구체화하기 위해 사건이 벌어지고, 누군가의 이해 밖에서 어느 한 인간이 갑자기 사라지고 만다. 그러나 사라지는 것 역시 고요한 사건일 수만은 없다. 엄마는 일곱 개의 임플란트를 입속에 박아넣기 위해 치과를 열 번 이상 들락거리며 피를 한 컵씩 쏟아냈고, 어느 봄엔가는 꽃놀이 하다 실족해서 머리를 바위에 심하게 부딪쳤다. 밥숟가락만 겨우 들어갈 정도밖에 턱이 벌어지지 않았고, 손가락과 발목이 퉁퉁 부었다. 나는 '엄마 없음'을 자주 상상했고 연습해왔다. 그러나 언제라도 그것은 그 이상이 될 것이다. 내 어린것이 감기와 고열에 시달리자 딸기 세 팩을 사 들고 한밤중에 찾아온 엄마가 한 말은 "나는 살 만큼 살았다"인데 그 말 때문에 자꾸 웃음이 났다. 마음이 헛헛했다. '엄마 없음'을 상상하고 연습해왔다는 것 자체가 매우 우스웠다.

나는 하루하루를 정말 모르겠다. 오늘 아침에는 치약을 꾹 눌러

짜서 이를 닦다가 봄 바다가 보고 싶어졌다. 그래서 '푸른 바다 향기 치약'이라는 시 한 편을 썼다. 실제 봄 바다를 보러 갈 수는 없었으니까. 봄 바다를 보러 간다 해도 그곳에 별다른 것이 없을 테니까. 봄 바다를 열심히 찾아간 나밖에 없을 테니까. 애써 찾아간 곳에는 더 큰 피로가 파도칠 것이 분명하니까. 대신 나는 소설을 읽거나 영화를 본다. 여러 편을 읽어대고 쉬지 않고 보느라 이야기는 온통 뒤죽박죽이 된다. 그런데 이 얽히고설킨 이야기들 속에서 고요하게 쉬고 있는 나를 발견한다. 이야기의 힘이라면 시보다 훨씬 나은 것도 같다.

종종 찬밥을 국에 말아서 김치를 집어먹으며 끼니를 때울 때가 있다. 배고픔은 면했지만 몸은 전혀 따뜻해지지 않는다. 그러나 이 '따뜻함'이란 것은 또 아주 민망한 감각이기도 하다. 나의 밥은 다른 사람의 빈 그릇과 함께 놓이기 때문이다. 내가 더 많은 밥과 그 이상의 것을 꿈꿀 때, 내가 외면하는 혹은 어쩌지 못하는 빈 밥그릇들은 또 어떡해야 하는가. 빈 밥그릇을 마구 '찍어대는' 일에 대해 무엇을 어떻게 말할 수 있는가.

무라카미 하루키는 예루살렘상 수상 기념 연설문에서, 우리들 각자를 깨지기 쉬운 '알'에 비유하고 높고 단단한 '벽'이라는 시스템으로부터 문학이 할 수 있는 바를 이야기한 적이 있다. 문학은 언제라도 '알'의 편에 서야 할 것이라고. 개인적이고도 사회적인 언어가 가능한지, 그 가능성으로부터 어떤 말이 나오는지 고요하게 몰두하고 싶어진다. 내 말이지만 그것이 우리의 말일 수 있을 때 나는 더 멋진 내가 될 수도 있을 것이다. 멀리서부터 우리를 압도하는 무서운 것이 미래라면, 수정된 과거조차도 우리의 현재를 억압하는 것이라면, 나는 전혀 다른 시계를 갖고 싶어지기도 한다. 초침이나 분침이 없는 시계라면 어떤가. 숫자가 기입되지 않은 시계라면 또 어떤가. 그것이 시계가 아니라면 어떤가. 우리들 각자가 모두 같은 시계를 갖고 있지 않다는 것이 또 얼마나 다행스러운 일인가. 어쩌면 시를 쓴다는 것은 망치로 시계를 두들겨서 우리의 미래와 과거를 '멋대로' 호명하고, 현재를 '즐겁게' 흩뜨리는 일인지도 모른다.

「담요」(손보미)라는 소설에는 콘서트장 총기 사고로 아들을 잃은 경찰 아빠가 나온다. 그는 아들을 덮어주었던 담요에 집착하여 일할 때도 담요를 손에서 놓지 못한다. 어느 겨울 놀이터에서 덜덜 떨면서 술 담배를 하는 애송이 남녀에게 그 담요를 건네주게 된다. 근데 그 애송이들이 "우린 인간쓰레기예요"라고 말한다. 소설 속에서 그 말이 특별히 강조되었던 것은 아닌데 그 말이 며칠째 자꾸 생각이 났다. 나라면 무슨 말을 건넸을까. 말이 아니라면 '담요' 말고 무엇을 건네주면 좋겠는가 곰곰이 생각해본다. "폭풍 속에 여관 하나를 여"는 것은 어떨까(허수경, 「폭풍여관, 혹은 전투 전야」). 폭풍여관에는 젖은 강아지가, 당신이, 큰 악기가, 성경이, 탱크가, 통곡과 학살이, 사랑과 기다림이, 무료함과 내전이, 입술과 손금이 있다. 그런데 폭풍여관을 열고 보니, 그건 전투를 앞둔 '이 세계'가

되고 만다.

좀 다른 맥락에서지만 우연히도 '쓰레기'를 다른 소설에서도 읽게 되었다(김연수, 『네가 누구든 얼마나 외롭든』, 문학동네, 2007). 유대인 캠프에서 음악을 연주하는 죽음의 나팔수들의 대화는 이렇다. "캠프에서도 웃음소리가 그치지 않는 까닭은 무엇인가? 이런 상황에서도 우리가 웃을 수 있는 까닭은 무엇인가?" "그건 우리가 쓰레기이기 때문이지." "그건 우리가 인간이기 때문이야." 독일 장교들을 위한 연주와 가스실로 향하는 유대인들을 위한 연주가 어떻게 다르고, 또 같을까. 그 상황의 유대인 음악가라면 무엇을 위해서 연주해야 할까. 혹은 연주하지 말아야 할까. 어쩌면 내가 할 수 있는 말은 뻔하고, 내가 할 수 있는 선택도 남들과 크게 다르지 않을 것이다. 지구의 중력이 사라지지 않는 곳에 발을 딛고 있지만 상상력은 중력의 영향을 받지 않는 것 같다. 그 폭과 너비를 가늠하는 것은 우습다. 몸이 없는 곳에 웃음소리만 남아서, '나야 나'라고 속삭인다면 우리의 소통은 어떻게 기록될까. 그곳에도 역사가 있고 비평이 있을까. 그러나 우리가 상상하는 대로 세계는 굴러가지 않는 것 같다. 세계의 우리에 대한 상상은 우리를 압도하고도 남아서, 종종 우리 자신의 기억에 의존하는 일조차 불가능해질 때가 있다. 시는 기억의 '밖'에서 '안'으로 우리를 호명하지만, 억압하지 않는 방식으로 우리를 기록한다.

인생이 나를 때려눕히는 망치라면, 그 망치가 어떻게 생겼으며,

얼마나 많은 종류가 있으며, 무엇을 만들 수 있고, 누구의 손에 들려 있으며, 어떻게 녹슬어가는지, 어디에 버려지는지, 어떤 나무에 박히는지, 얼마나 많은 못을 휘게 만드는지 궁금하다. 허공을 치는 망치 소리가 탕탕 울리는 것 같다. 총소리를 닮지 않았는가. 시 속에서 '망치'란 단순히 '인생'에 대한 비유일 수만은 없지만, 그래도 그 인생이 아니라면 이 비유란 쓸모가 없을 것도 같다. 나는 무쇠와 나무로 만들어진 이 차가운 망치를 한 번은 아름답게, 또 한 번은 즐겁게 쥐고 싶다. 인생이란 나를 때려눕히는 망치인가. 역시 프레셔스의 말이지만 세상의 많은 프레셔스에게 다음 생이 아닌, 아직 남아 있는 이생의 즐거움과 아름다움을 함께 이야기해보고 싶어진다. 그게 가능하다면 말이다.

# 마음이 즐거워지는
네이밍

버스를 타고 가는 많은 사람들이 속으로 무슨 생각을 하는지 궁금해질 때가 있어. 생각 같은 것은 아무도 하지 않는지도 모르겠네. 나는 대개 간판을 읽고는 해. 눈에 들어오는 간판을 죽죽 읽으며 흘려보낸다는 편이 맞을 것 같아. 그런데 어떤 것은 웃겨서, 어떤 것은 말도 안 돼서, 또 어떤 것은 기발하고 재미있어서 어느새 빠져들고는 해. 말을 처음 익히는 아이처럼 나는 간판을 학습하고 있는 셈이지. 간판의 형식을 통일시켜서 도시를 미화하자는 이상한 발상은 초등학교 환경 미화를 생각하게 만들기도 해. 우리가 도화지를 오리고 색종이를 붙이던 날들이 있었지. 원래 간판은 출생부터 들쭉날쭉한 것이 아닐까.

왕십리 오거리를 지나 성동구청에 이르면 근처에 '베로니카 죽'

집이 있어. 나는 그 집 상호를 처음 봤을 때 너무나 이상하다고 생각했어. 죽은 우리 고유의 음식이어서 베로니카라는 이름과 어울리지 않잖아. 죽집 주인이 종교인일까. 이탈리아 음식으로 리소토라는 것이 죽과 좀 비슷하지만 그래도 그건 죽이 아니지. 왜 '죽'과 '베로니카'가 만났을까 오래 생각하게 되었지. 이런 예민함이나 고민 같은 것을 너는 그리 달가워하지 않았지. 그런데 이런 부조화와 어긋남이 나는 반갑고 좋아. 청국장을 먹는 외국인을 만난 것처럼. '베로니카 죽' 집을 지나 조금 더 가면 '무탁' 국숫집이 있어. 자세히 보지 않아도 무척 좁고 허름한 국숫집임을 한눈에 알게 되지. 무탁이란 의지할 곳이 없다(無託)는 말일까. 높지 않다는 말(無卓)은 어떨까. 맑은 국물임(無濁)을 강조해도 좋겠다. 기계로 뽑지 않은 손국수(無擢)라는 말일 수도 있겠다. '탁' 자를 두고 이런저런 생각을 하면서 지나다니고는 해. 네가 지나다니는 거리의 무수히 많은 간판들이 이렇게 재밌는 이름들을 가지고 있겠지.

어쩌면 자연스러운 말들보다 어그러지고 빗나간 말들의 울림과 그런 말들의 에너지를 나는 더 좋아하는지도 몰라. 서툴고 어색한 표현들이 주는 신선한 기분 같은 것을 말이야. 어린아이들은 서로의 이름으로 장난을 하고는 하지. 네 이름을 가지고 장난을 하던 때가 생각이 난다. 교과서에 노트에 함부로 이름과 별명을 낙서하며 키득거리고는 했지. 나는 이제는 두 딸을 둔 아줌마가 되었어. 딸들에게 지민, 하민이라는 이름을 지어주었는데 그냥 부를 때도 있지만 짐지민이짐지민이, 이집 뿡하고 별명을 부르기도 하고, 이제 막 태어난 갓난이도 하하하하민아, 하고 부를 때도 있어. 그냥 마음이 즐거워지는 네이밍이라고나 할까. 이제는 소리내어 부를 수 없는 네 이름.

'마음이 편해지는 네이밍'은 요네하라 마리의 말이야. 원인을 알 수 없는 무시무시한 어깨 통증을 앓으며 가능한 모든 치료를 해보지만 낫지 않아 불편함과 불안함을 겪다가 그것이 '오십견'이라는 사실을 알고 안도하는 대목이야. 그런 내용보다 내 마음에 더 와닿았던 부분은 그 어깨 통증이 동시통역을 할 때는 사라진다는 것이었어. 다른 곳에 집중하다보면 아픔이 사라진다는 것 말이야. 제대로 걷지도 못할 정도의 상실감 속에서 내가 할 수 있었던 것은 글을 쓰는 일이었어. 그렇게라도 집중하지 않으면 견딜 수 없었던 것 같아. 쓰다보면 네가 나타나기도 하고 또 사라지기도 하고.

언제라도 그렇지만 이 나라는, 선거 유세와 각종 시위와 정기 세일로 시끄러워. 어떤 문제는 심드렁하게, 또 어떤 문제는 흥분하면서, 또 어떤 때는 순응하면서 지나가고는 해. 네가 사는 곳은 어떠니? 어떤 문제를 안주 삼아 독한 술을 마시니? 어떤 스타일이 유행하니? 어떤 유행어와 욕설이 난무하니? 문득 전혀 다른 소리와 이슈가 흘러가는 네 나라가 궁금해지고는 해. 나는 알아들을 수 없는, 마치 음악 같고 욕설 같은 말들. 네게 익숙한 소리들과 냄새들이 나에게는 그렇지가 않겠지. 기름진 음식, 매캐한 공기 같은 것들

말이야. 우리가 다 같은 공기를 마시고 똑같이 호흡하는 것처럼 생각되어도 그것은 조금씩 다른 것 같아. 라디오 채널에서 흘러나오는 옛날 노래들을 듣고 있으면 갑자기 시간을 훌쩍 뛰어넘어 어디 먼 곳에 와 있는 것 같아. 우리가 서툴게 따라 부르던 노래들이 흘러나온다.

감정을 전달할 적확한 표현을 얻지 못하면 못 견디는 나를 너는 못 견뎌 했지. 문단에서 활동하기도 훨씬 전이었는데, 너는 꼭 그렇게 시적이어야 하느냐고 비아냥거렸지. 나의 까다로움과 예민함을 시적인 것으로 이해해버린 것 같았어. 그때는 내가 시인이 될 줄 생각하지 못했는데 말이야. 어느 소설에선가 잘 알아듣지 못하는 잠꼬대를 하는 주인공에게 "뭐라는 거야 그거, 시(詩)야?"라고 묻는 부분이 나와(황정은, 「양산 펴기」). 주인공이 어느 여름날 소나기를 맞아가며 바자회에서 양산 파는 일일 아르바이트를 했거든. "로베르따 디 까메르노 이태리 메이커에 제조는 중국입니다"라는 말을 하루종일 반복하며 가판대 앞에 서서 양산을 폈다 접었다 하는 일이었어. 그 말은 시가 아니지만 알아들을 수 없는 말로 시적이라 느껴졌겠지. 그 말 사이사이에 시위 현장의 함성이 끼어들고, 반복되는 말 속에 리듬이 살아나고 하는 과정은 충분히 시적인 것 같아. 구청 앞은 바자회도 열리고 시위도 열리는 곳이지. 누군가는 봉사 활동을 하고, 누군가는 아르바이트를 하고, 누군가는 투쟁을 하지. 기쁨과 만족을 위한 것이든, 친구에게 장어를 사주기 위해서든, 생존을 위해서든 목소리를 드높일 때가 있지. 여러 목소리가 동시에 터져나오는 가운데 팟착팟착 양산이 접혔다 펴지고, 소나기가 후드득 쏟아졌다 그치고.

네가 비꼬던 시, 많은 사람들이 우습게 여기는 시, 그 시를 적으며 내가 아직 살아 있어. "미담과 실화로 몰려가서 끈질기게 잠언의 수레를 돌리는 한국어여! 자신을 향유하는 신화와 알리바이 작성으로 피곤한 시여! 그러나 커튼을 치고 귀로 말하는 시들을 읽는 즐거움! 침묵과 비밀, 그 무궁한 풍부 속으로 발을 들여놓는 즐거움!"(김혜순, 『슬픔치약 거울크림』 뒤표지 글, 문학과지성사, 2011) 좋은 시를 쓰려면 아직 멀었지만 시를 쓰면 나는 즐겁고, 그건 널 만나는 유일한 길이기도 해. 살아 있는 듯 끊임없이 태어나고 이동하고 번식하는 먼지처럼(김유진, 「여름」) 너는 나와 함께하고 있어. 툭 털어냈는데도로 와서 앉고는 해. 그건 너이기도 하고 아니기도 해서 날마다 조금씩 다른 너와 만난다. 손으로 만든 상자들처럼 크기와 모양이 다르고 제각각이지. 그 미묘한 차이가 만들어주는 틈이 사랑이겠지. 내 말 속에 숨쉬는 오래되고도 새로운 너를 찾아서 오늘도 또 이렇게 적어본다.

2012년 초여름에

178

# '가난'이라는
## 창조적 낭떠러지

1

이백 밀리 흰 우유 하나가 천이백 원이라고 한다. 라면이 팔백
원, 천 원씩 하니 그도 그럴 만하다. 그래도 그건 너무하다. 사람마
다 물가의 오름세를 가늠할 때 척도로 삼는 것이 하나씩 있을 텐데,
내게 그건 이백 밀리 흰 우유 한 팩의 가격이다. 일주일에 한 번 공
중목욕탕을 나오면서 꼭 하나씩 빨아야 했던 것. 출출할 때 부드럽
고 달콤한 빵을 뜯어먹으며 함께 마셔줘야만 했던 고소한 그것. 그
건 언제라도 내 머릿속에서 이백 원, 삼백 원이면 충분했다. 천이백
원이라니.

언젠가 길거리를 지나다 벽을 마주보고 앉아 해태 우유를 마시
며 삼립 빵을 베어 먹는 일용직 노동자를 본 적이 있다. 면벽 수행

을 하는 것처럼 이상해 보이고, 뭔가 결정적인 게 빠져 있는 것 같아 쳐다보기 민망했다. 조금 더 따뜻한 것, 그래도 숟가락이나 젓가락 같은 것을 쓸 수 있는 것을 새참으로 먹고 있었다면, 한데 식사라도 간이 지붕이나 천막 같은 것이 있었다면 조금 더 편안히 바라볼 수 있었을까.

하늘이 음식이라면 가난도 의미 없을지 모른다.

학기말 문예창작과 학생(김종심)이 제출한 작품 중에 한 구절이다. 취업난에 시달리는 학생들의 불안함이나 부모님의 고된 노동에 대한 미안함을 드러내는 작품들을 어렵지 않게 만날 수 있는데, 어쩐지 위의 구절은 좀 다른 것 같았다. 가난에 대해 문제삼은 이 단순한 구절이 오래 마음에 걸렸다.

가난이란 무엇인가. 나는 가난한가. 어쩐지 물질적 결핍을 호소하는 것이 시인으로서 격에 맞지 않는 것 같아서 나는 그 질문을 꺼리는 것인지도 모르겠다. 우리가 앓고 있는 가난이 무엇이고, 누구의 것인지에 대한 대답을 늘 미루고 있다가 가난에 대한 비유와 원망(願望)을 1930년대 아동 잡지에 발표된 동시에서 발견하고는 또다시 불편해졌다.

쏟아지는 눈발이 떡가루라면

비인 비인 뱃속을 채워나보지
― 이동규, 「어린 나무꾼」, 『별나라』, 1934.1.


강물이나 구름 같은 것은 얼마나 흔한가. 배고픈 사람에게 그 흔함은 또 얼마나 잔인한가. '눈발'과 '떡가루' 사이를 이미지나 상상력의 차원으로 이야기하기 어려워진다. 자연물이 음식으로 보이게 되는 빈 뱃속을 앞에 두고 의미를 따지는 것은 허망한 일이다.

또다른 작품에는 남의집살이를 하면서 '비지죽'으로 세 끼를 때우는 '완득이네'가 있다. 완득이네는 새 세상을 꿈꾸며 '비지땀' 흘려가며 일한다. '돼지도 못 먹을' 음식과 '비질비질 흘리는' 땀을 연관 지은 제목은 뭐랄까 구석구석 가난한 느낌을 준다. 그런데 완득이네는 꿈이 있다. 미래에 대한 기대나 희망이 없다면 빈 뱃속을 견디기 더 어려울지도 모른다. 빈 뱃속으로 찾은 의미는 언제라도 미래를 향해 열려 있어야 한다. 마지막 구절은 이렇다.


오는 세상 새 세상 바라를 보고
잘살 때를 기다려 사러 갑니다
― 김대창, 「비지죽과 비지땀」, 『별나라』, 1931.4.


가난을 '뚫고' 나갈 수 있다고 믿었던 청년 아버지가 있었고, 현실적으로 그것이 가능한 시나리오였던 시대가 있었던 것 같기는 하다. 잔소리는 종종 "왜 너는~"으로 시작되었는데, 이때 '왜'는 'why'가 아니라 '예전에 나는~'이 숨어 있는 'long long ago'이다. '아버지'와 '나' 사이에는 시간의 강물만 길게 흐르는 것이 아니다. 그 강물은 너무 깊다. 예전의 가난이 '낭만적(浪漫的)'이었다면 지금의 가난은 '낙망적(落望的)'이다. 그것이 쉽게 극복되리라고 믿기 어렵다. 부의 계층화와 양극화 현상이 점점 심해지고 계층의 상하 이동이 아주 예외적인 경우에만 수락되는 지금 이 사회에서, 낙관적 전망을 내놓기 어려운 것 같다. 그러니까 사람들이 모인 자리에서 이런 농담을 주고받으며 웃었지만 씁쓸했다. "요즘 애들 고민이 뭔지 알아? 아버지처럼 살기 싫은데 아버지처럼 살기도 어렵다는 거야".

2

"지금 집이 없는 사람은 더이상 집을 짓지 않습니다. 지금 고독한 사람은 이후로도 오래 고독하게 살아 잠자지 않고, 읽고, 그리고 긴 편지를 쓸 것입니다"(릴케, 「가을날」)의 고독은, 가난한 영혼이 이르는 한 순수한 길을 보여주지만 이 길을 순순히 걷기에 우리의 '발'은 너무 크고, 우리가 걸어가야 할 '길'은 실처럼 가느다랗다.

아무래도
지붕을 도둑맞은 것 같은, 그렇지 않고서야

이렇게 부끄러울 수 없는 저녁

길에서 생을 마감한 자들의 묘지로 간다
봉분도 비명도 없는 땅
그들은 죽어서도 지붕 아래 있길 거부했으므로

머리 위를 무너뜨렸던 것
하늘이 보일 때까지
지붕을 만나 지붕을 부수고 높이를 만나 높이를 부수었던 것

지붕이 없으면
온기는 곧 사라지고 말은 허공으로 흩어지는데

숨을 수도 피할 수도 없는 땅에서
하늘마저 부수던 자들
이마를 다치고 눈이 멀고
끝내 무너져내리는 어둠에 깔려 숨을 거두었던 것

자정의 하늘에는
검고 딱딱한 지붕이 아무렇지 않은 듯 매달려 있지만
여기는 돌아눕지 않는 자들의 묘역

나는

근엄한 얼굴로 내려다보는 하늘을 바라보았다

손이 닿을 만큼

지붕이 가까워질 때까지

— 유병록, 「지붕」 전문, 『창작과비평』 2012년 봄호

지붕을 '도둑맞은' 사람과 지붕을 '거부한' 사람의 차이는 무엇일까. 지붕이 '없는' 사람들은 누구인가. 그 '지붕'에 대한 사유는, 어둠과 허공, 허기와 죽음, 결여와 맹목으로 가득찬 '이곳에서의 삶'을 실감하게 만든다. "손이 닿을 만큼 지붕이 가까워질 때까지" 하늘을 바라보는 '나'의 기다림은 쉽게 끝나지 않을 것이다. 그 '기다림'은 어쩐지 가난한 자의 것처럼 보인다. 그의 발이 가난한 땅을 딛고 있어서 어둡고 좁고 먼 길 앞에 선 자의 호흡이 느껴진다.

그런데 이렇게 말하고 나니 '가난'에 대한 사유는 '가난' 그 자체와 거리가 좀 있는 것처럼 보인다. 가난에도 여러 차원과 수위가 있어서 이 가난과 저 가난을 겹쳐 말하는 것은 위험한 일이 될 것이다. 가난은 차라리 매 순간 우리의 기분을 좀먹는 벌레 같은 것인지도 모른다. 기분 때문에 죽지는 않겠지만 매 순간 들이마시는 '공기'와 같아 벗어날 수 없는 것. 가끔 서울의 밤하늘 아래 도시 불빛을 물끄러미 바라보면서 가난을 호흡할 때가 있다. 저 화려한 불빛

의 주인은 누구인가 궁금해질 때가 있다.

골목 끝 놀이터에 앉아 산 너머로 해가 지는 모습을 오랫동안 쳐다봤다. 해는 왜 지는 걸까. 밤은 왜 까만 걸까. 밤이 되면 왜 다들 자는 걸까. 아침이면 왜 다들 일어나나. 배는 왜 고픈 걸까. 왜 먹어야만 살 수 있을까. 안 먹고도 살 순 없을까. 먹어야만 살 수 있는 건 너무 불공평하다. 먹을 게 없는 사람은 죽어야 하니까. 누구는 먹을 것이 많고, 누구는 먹을 게 하나도 없고. 누구는 진짜엄마와 같이 살고, 누구는 진짜엄마를 찾아 평생을 헤매야 하고. 누구는 따뜻한 방에서 달콤한 잠을 자고, 누구는 추운 데서 웅크린 채 자야 하고, 자는 사이 모든 것을 뺏겨버리고. 처음으로 그런 생각들을 했다. 내가 사는 세상은 너무나도 불공평해서 나를 지나치게 배고프고 힘들게 한다고. 다른 곳은 어떨까. 다른 세상이란 것이 있을까? 누구라도 붙잡고 물어보고 싶었다. 존재하는 모든 곳이 내가 사는 이 세상과 같다면, 나는 진짜엄마를 찾기도 전에 죽어버릴 것이다. 너무 원통하고 서러워서.

『당신 옆을 스쳐간 그 소녀의 이름은』(최진영, 한겨레출판사, 2010)은 '진짜엄마'를 찾아다니는 엽기 소녀의 행각을 그리고 있지만 이야기가 진행될수록 두드러지는 것은 소녀의 내면과 이력이 아니라 그녀를 둘러싼 세상과 그 세상을 살아가는 사람들이다. 세상은 가난이 아니면 굴러가지 않을 것처럼 그 속에 항상 혹독한 상황을 예비하고 있다. 사람들은 각자의 역할에 충실하느라 서로 상처내고 헐뜯고, 가난은 '관계'를 무너뜨리면서 자신의 존재를 증명한다.

기이한 것으로 따져보자면, 도심 지하철 내에서 총성을 들어도 무심하게 넘어가는 사람들의 감각적 단련일 것이다. 무엇에도 놀라지 않고 심드렁하게 받아들일 수 있는 상태라는 것은, 사소한 것에도 목숨 걸고 달려드는 맹목적 태도와 한 쌍이다. 서바이벌 게임에 빠져드는 청년, 종교에 기대는 비정규직 인턴 사원, 세상을 바꿀 누군가 나타날 거라 믿는 부랑자, 꼴통 보수 노인 등은 이 시대가 낳은 군상들이다. 저마다의 방식으로 가난을 앓고 있다. '잔혹한' 도시가 만들어낸 '열외인종'인 셈이다(주원규, 『열외인종 잔혹사』, 한겨레출판사, 2009).

세상 사람들과 함께, 문학도 가난의 피를 빨고 있는 것은 아닌지 생각해볼 때가 있다. 이 사회의 시스템에 저항하는 것이 아니라 그 시스템에 부합하면서 자기 증식을 꾀하는 것은 아닐까. 가난의 '없는' 피를 빨 것이 아니라, 피를 공급해주는 것이 문학이었으면 한다. 너의 가난과 나의 가난의 합이 더이상 가난이 아닐 수 있는 상태를 점진적으로 보여주었으면 하는 소망에서도 어쩐지 가난의 냄새가 풍긴다.

3

지금은 너도나도 많이 배워서 따로 지식인이라고 할 것이 없다. 그런데도 '지식인'이라는 말에는 여러 가지 냄새가 풍긴다. 특히 고지식이나 무능력 같은 냄새. 어쩌면 '가난한' 지식인에 대한 인상은 뿌리깊은 것인지도 모른다. 상당히 고착된 상상에 불과하더라도 말이다.

거기 안에 있죠 다 알고 왔어
집주인 아주머니의 문 두드리는 소리가
급작스럽게 방문을 했다
신사답게 문을 열었다 그들은 지식인이었으므로 (……) 그들은 지식인이었고 세상은 돌아갔으며 아주머니는 일상이었다

시 창작 수업을 진행하면서 아이들의 빈곤한 상상력을 탓하기도 지겨워질 무렵, 프란시스 베이컨의 〈거울에 비친 글쓰는 남자〉(1976)를 보고 시를 써보라고 했다. 의외로 다양하고 재밌는 표현들이 많이 나왔다. 위와 같은 구절을 써낸 학생(박수인)의 작품은 그냥 평범한 편에 속했다. 백 년 전에 쓰인 소설 속에서 이미 읽은 것 같다. 일상을 살아가는 억척스러운 아주머니와 세상의 바깥에 덩그마니 놓여 있는 지식인이 아직도 우리들의 상상력 안에서 떠나지 않고 있는 것일까. 많은 문창과 학생들이 자신의 전공 혹은 글쓰기가

현실과 동떨어진 것이라 생각하고, 그것을 부끄러워하거나 반대로 자부심을 느낀다. 글쓰기가 부끄러워서도 안 되지만 그 거리로부터 발생하는 자존심 역시 썩 반가운 것은 아니다. 지식인과 가난의 고리, 그 오랜 관습을 깨는 것이 글쓰기라면 어떤가.

크누트 함순의 『굶주림』(창, 2011)은 영화화된 적도 있다. 개뼈다 귀를 향해 기어가는 한 남자의 몰골이 오래 기억에 남았다. 그런데 그의 소설 속의 '굶주림'보다 나 역시, 나치에 협력했던 이적 행위와 그 때문에 정신 감정과 재판을 받았던 작가의 말년 이력에 눈길이 갔다. 거의 무학에 가깝고 매우 가난했던 초년의 삶은 그를 소설 쓰기에 이르게 했다. 국민 작가라는 명성과 노벨상 수상이라는 영광을 가져다주었던 그의 소설은 이후 삶에 어떤 영향을 끼쳤던 것일까. 이적 행위가 정말 반미 감정과 스탈린주의에 대한 반발 때문이었을까. 벌금 삼십이만 오천 크로네는 어떻게 산출된 것일까. 사회적 책임감을 가져야 할 지성인의 그릇된 말과 행동은 어떻게 계산될 수 있을지 궁금하다. 아흔세 살까지도 그의 영혼은 가난하지 않았을까. 그의 초년에는 빵이 없었지만, 어쩐지 말년까지 그의 영혼이 뜯어먹을 빵도 없었을 것 같다. 구석구석 메마른 한 사람의 안팎을 들여다보고 있자면 내 입까지 바짝 마른다.


4

천명관의 『고령화 가족』(문학동네, 2010)에서 '나'는 파산한 영화

감독이자 이혼남이다. 갈 곳 없이 헤매다가 '엄마의 집'으로 들어간다. 이미 그 집에는 무능하고 대책 없는 형이 살고 있고, 곧이어 까칠한 누이까지 조카를 데리고 들어온다. '가족의 고령화'는 딱히 가난 때문은 아니지만 사회생활에 부적응한 삼남매는 결국 쪽팔림과 민망함을 참고 엄마의 집을 선택하게 된다. 가족사의 이면이 파헤쳐지고, 조카가 가출하고, 형이 도주하고, 누이가 세번째 결혼을 한다. 그 과정에서 '나'는 알코올 중독에 빠져 엉뚱한 망상을 하고, 조카에게 삥을 뜯고, 몹쓸 에로영화를 찍기도 한다. '나'는 가난하기도 하지만 참으로 심란한 인간이다. 더이상 추락할 곳이 없는 개판 인생인 것이다. 그런 '나'가 깡패에게 죽도록 얻어맞은 후 오래 알고 지내던 후배를 통해 '인간적 정리'를 찾게 된다. 그것은 '사랑'이 아니라 '의리'에 가까운 것 같다. 엄마의 집 역시 사랑이나 '보통의' 혈연관계에 의존했던 것만은 아니었다. 형은 이복 형제이고 동생은 이부 동생이다. 근데 그게 정말 중요한 건 아니다. 그들의 관계는 오랜 기간 '밥그릇'을 통해 맺어져서 좀처럼 깨지지 않는다. '맘마[밥]'가 아니었다면 불가능한 삶이었을 것인데, 그 '엄마'는 이제 죽고 없다. 우리가 어쩔 수 없이 받아들여야만 하는 가난은 '엄마의 부재/죽음'뿐인지도 모르겠다. 그 외의 가난을 모두 '창조적 낭떠러지'일 뿐이라고 생각하는 것은 어떤가. 우리가 만들고, 우리를 만드는 가난 말이다. 글쓰는 '나'는 이 낭떠러지에 서서 가난을 어떻게 창조적으로 주무를 수 있을까. 사실 나는 물질적이든 정신적이든 가난 그 자체에 관심이 적고, 그것을 돌파할 만큼의 적극적인 사고나 실천 양식을 갖추고 있지도 못하다. 다만 '나'라는 '가난한' 인칭을 어떻게 극복할 수 있을까에 대한 '적은' 관심을 지속하고 있을 뿐이다.

서준환은 『고독 역시 착각일 것이다』(문학과지성사, 2010)에서 "쓰기의 과정에서 내가 지워지고 나 스스로도 모르는 그 누군가가 내 자리에 대신 나타나는 것을 목도하는 관계 형성의 체험"을 글쓰기라고 말하며, 고독도 고독이 아니며 혼자 있는 것도 혼자 있는 게 아니라고 한다. 고독이 착각에 불과할 때 글쓰기 과정을 통해 경험하게 되는 분열 혹은 파편화 양상은 '나'라는 일인칭을 새로운 국면에 들어서게 하는 것 같다. "밤과 어둠과 죽음의 비인칭"이라고 할 수 있는 '나/너'의 관계가 형성되기 시작하는 지점 말이다.

그리하여 이 세계와의 접속과 상응 속에서 나와 혼거하는 너의 지평은 또다시 다채로운 여러 지각들로 내 몸에 기입된다. 너는 내 몸에 기입된 이 세계의 지평이다. 그리고 그 지평 안에서 쓰인 나의 노트 기록은 너로 말미암아 내가 사라지는 순간 다시 열린 존재와 말의 빗장일 수밖에 없을 것이다. 그 빗장이 열릴 때 나는 내 자리를 지우며 너에게로 향해 가고 너도 네 자리를 비우며 나에게로 향해 온다. 어차피 모두가 언어의 실존들이니 거기서 우리는 정녕 고독하려고 해야 고독할 수 없다.(서준환, 같은 글)

'나'만으로는 아무것도 그 무엇도 될 수 없을 것이다. '나'는 텅 빈 기호임에도 불구하고 좀처럼 무너지거나 깨지지 않는다. '가난' 이라는 창조적 낭떠러지 앞에서 느끼는 고독까지 착각일 수 있다는 자기 단속이야말로 글쓰기에 전제되어야 할 요소가 아닐까. 그럴 때라야 비로소 완고한 '나'는 이 세계를 향해 조금 열릴 수 있지 않을까. '나/너'가 살고 있는 가난한 세상에 조금이라도 관심을 가지고 있다면 말이다. 너무 쉽게 '우리'라고 말할 때, 그 안에는 가난한 너와 나의 발버둥밖에 없을 테니까. 한시도 벗어날 수 없는 나의 몸에 다른 몸을 새길 수 있는 기회를 만들 수 있다면, 그러한 지평이 열린다면 가난이라는 벗어날 수 없는 굴레 속에서도 나는 이 '언어적 실존들'을 사랑할 수밖에 없을 것이다.

# 외계인과의 조우,
# 혹은 사라진 시인
— 서준환, 「다음 세기 그루브」에 관한 단상

그리 머지않아 인간은 외계인과 만날 수 있을지도 모르겠다. 지금도 심심치 않게 미확인비행물체가 목격되고, 인간이 해독할 수 없는 암호나 우주에 관한 정보가 은폐되기도 한다니 말이다. 그런데 외계인과 만날 수 있는 바로 그 미래가 오면 시인들은 무엇을 하고 있을까. 어떤 시를 쓰고 있을까. 그때에도 여전히 시를 읽고 쓰는 일련의 사람들이 존재할까. 서준환의 「다음 세기 그루브」는 시인의 '미래'에 관한 소설이다. 이야기 속에서 '나'는 음악 연주와 감상이 취미고, 사색과 가벼운 산책을 즐긴다. 「나는 나다」라는 연작시를 써보려는 참에 그는 다른 동네로 이사를 가게 된다. 그러나 그것이 전부다. 「다음 세기 그루브」는 '소멸하는' 시인에 관한 이야기다. 그는 자신이 써보려는 시를 쓰지 못하고 있으며(아마 계속 쓰지 못할 것이다), 바람 소리를 쫓아 나갔다가 숲속에서 미확인비행물체를 목격하게 되고 급기야 외계인과 만나게 된다. 이런 황당하고 엉뚱한 이야기 속에 놓인 시인의 자리가 어쩐지 불편하지만 소설의 대부분을 차지하고 있는 음악(음향)에 대한 이야기는 실제로 시인의 존재 혹은 시쓰기에 맞추어져 있어 시를 읽고 쓰는 나로서는 꼼꼼히 읽지 않을 수 없었다. 시인이란 존재는 과연 어떻게 진화할 것인가에 대한 한 소설가의 진지하고 엉뚱한 탐구 방식에 일단 귀기울여보기로 한다.

진화가 이루어지면 어떤 것은 역사 속에서 도태당해 화석으로 얼어붙고, 다른 어떤 것은 적어도 또다른 진화 단계의 길목에 이르기 전까지는 지금 여기의 구성 요인으로 살아남아 자신의 존재를 아득한 미래 시제에 잇댄다.

(……)

나는 나에 불과하지만 나의 심식(心識/深識) 속에는 내 너머의 기억과 의식이 간직되어 있을지도 모른다. 이때 '내 너머'는 특정 인격체들의 유전형질이 아니라 어쩌면 우주 자체의 유전자를 가리키는 말일 수도 있다. (……) 내 안에는(우리 안에는) 내가(우리가) 미처 깨닫지 못하는 우주심의 자량(資糧)이 있어 언제고 그 원음에 귀를 열수 있는 게 아닐지. 그리하여 그토록 낯설고도 낯설지 않은 소리들의 음조와 파장을 통하여 영원히 나는(우리는) 우주와 맞닿아 있을 수 있는 게 아닐지.

소설 속의 '나'는 예외적 존재로서의 창조적 시인의 자리나, 아늑하고 조용한 골방을 필요로 하는 시인의 존재를 옹호하는 듯이 보이지만 원본과 모조의 '역전된' 관계를 이야기하면서 그런 생각은 수정된다. 바흐의 음악이 하프시코드 연주용으로 작곡되지만 현대에 와서 피아노로 더 많이 연주되면서 새로운 소리의 세계로 나아가는 것처럼 '나'의 독자적인 창조성이란 의심스러운 것이라는 점을 이야기한다. 특히 '우주'라는 거대한 공간과 그 공간을 떠돌 수많은 음향들에 대해 사유하면서 '나(시인)'라는 독창적인 존재 조건들을 파기하고, 원본보다 나은 모조 혹은 원본도 모조도 아닌 또 하나의 존재론적 가능성에 매달리게 된다. '나'의 글쓰기는 언제라도 '나' 이상의 글쓰기가 될 수 있으므로 독자적 시인으로서 '나'의 자리는 무의미해진다는 것이다. 그러나 이것은 시인의 존재에 대한 부정이라기보다는 확장(또는 폭발)이라고 봐야 할 것 같다. 끝없이 팽창하다가 사라지는 '시인'에 대한 상상은 시인이라는 존재나 독창적 글쓰기를 단순히 부정하는 것과는 조금 다르다.

종종 인간은 시가 필요 없는 신체로 진화해나가는 것은 아닌가 하는 생각이 들 때가 있다. 백지에 시를 적고 그것에 공명하는 신체가 점차 사라져가는 것이 시를 위태로운 지점에 서게 만든 것은 아닐까. 자본주의의 노예가 된 신체로서, 세속적 욕망에 저항선을 만드는 신체의 소멸이라는 조건에서 '비시적(非詩的)' 신체는 탄생할 것이다. 역설적으로 자본주의 사회에서 불가능한 것들 사이를 가로지르는 신체를 가질 수 있다면 시를 계속 적어나갈 수도 있을 것 같다. 이러한 신체는 '보존'되는 것이 아니라 '발명'되는 것일 테다(임태훈, 「신체와 제로」, 『작가와비평』 2011년 상반기, 56쪽 참조). '미래'의 시인의 자리도 보존할 것이 아니라 발명되어야 할 것이다.

박민규는 소설 「깊」에서 인간의 신체를 극한까지 밀고 나가서 만나게 되는 어떤 세계를 그리고 있다. 특수 훈련을 받은 '디퍼(deeper)'들은 해저로 들어가 극한의 조건에서 인간의 신체가 어디까지 어떻게 무엇을 견딜 수 있는지를 보여준다. 압력 때문에 신체가 소멸했을 때도 그들은 소통한다. 신체 없이 서로를 감각하는 이 상태에서 어떤 대화가 가능할까. 서로의 존재감을 어떤 방식으로 감각하고 전달할 수 있을까. "새로운 눈 같은 것이 다시금 열리는 기분"이란 어떤 것인지 쉽게 짐작하기는 어렵지만, "뇌만이 생각을 하는 게 아니라 (……) 세포 하나하나가 작고 무수한 생각을 하고 있는" 새로운 신체의 상태가 매력적으로 다가온다. '뇌(머리)'가 아니라 '몸(세포)'의 시를 쓰는 것이 가능하다면, 그 시는 새로운 환경에 보다 더 잘 적응할 것 같다.

다시 서준환의 소설로 돌아와보자. 테크노 DJ를 설명하는 라디오 진행자의 말을 빌려 시인의 존재에 대해 다음과 같이 이야기한다.

시를 쓴다는 것은 참으로 고독한 작업일 수밖에 없고 마땅히 고독한 작업이어야 하겠죠. 고유하고 독자적인 언어를 찾아 자신의 몸처럼 육화한다는 것은 정말 고독한 과정이 아닐 수 없으리라고 생각됩니다.

그런데 테크노 DJ란 이런 시인의 정의에 가장 날카롭게 부딪치는 창작 세계의 표현 주체입니다. 한마디로 이들한테는 자기만의 독자적인 표현 세계란 없다고까지 말할 수 있겠습니다. 왜냐하면 이들의 음악은 온통 남들이 이미 내놓은 음악적 결과물들의 부분적인 짜깁기거나 노골적인 혼성 모방의 흔적이니까요.

(……)

그렇다면 창작 또는 무엇인가를 창조한다는 개념 자체의 장(場)이 달라진 거라고 말할 수 있을지도 모르겠군요. 아무튼 시인의 창작 개념이 일렉트로니카의 필드에서는 거의 통용되지 않는다는 거죠. (……) 이런 시인들의 세계와 달리 테크노 DJ들의 세계에서는 창작 주체로서의 '나'가 사라지고 대신 자기 독존적인 표현 영역의 빈칸에 다른 사람들의 혼종적인 대화가 자리하는 거라고 볼 수 있습니다.

소설 속의 '나'는 라디오 DJ의 위와 같은 설명을 그저 무덤덤하게 받아들인다. 이미 시는 더이상 쓸 수 없게 되었고, 자신이 가진 건반 악기로 연주를 시도하는 새로운 삶의 국면에 들어서게 되었다. '시인'에서 '작곡가'로의 변신은, 창작의 매개 혹은 장(場)의 변화인 동시에 존재의 전환이라고 할 수 있다. 외계인과 만나고 시인은 사라진 것이다. 다시 말하지만 이 소설 속에서 이러한 변화는 '소멸'이 아니라 '진화'다. '나'는 '그루브(아프리카 흑인들이 무아지경에서 우주와 교신하기 위해 고안한 영매의 리듬이자 시나위 장단)'라고 외친다. 외계인들이 '그루비'라고 외쳐댄 것에 조응이라도 하듯이.

「다음 세기 그루브」는 확실히 시인의 진화를 선언(촉구)하는 소설이다. 그러나 소설가가 소설 속에서 시인 화자를 내세워 시인의 존재감에 대해 이야기하는 이 소설이 시인이라는 존재의 부정에서 온 것이라고 판단할 수만은 없을 것 같다. 서준환은 이 세계의 문제점을 '외계인' 등장이라는 다소 비현실적인 정황을 통해 드러내고 있지만, 그런 '미래적' 만남이 아니라면 좀처럼 돌파구를 찾을 수 없는 문제들이 사실 참 많다. 시인이라는 불편한 존재가 바로 그렇다. 예전에도 시인의 자리는 불편했을까. 시가 아직 노래이고, 따뜻하고 촉촉한 비처럼 사람들의 가슴을 적셔주던 백여 년 전에 한 시인은 이렇게 적었다.

내 노래에 날개가 있다면
여름과 같이 아름다운 나의 노래를
그대 꽃밭에 보내줄 것을
하늘로 날아가는 새들처럼

내 노래에 날개가 있다면.

내 노래에 날개가 있다면
공중(空中)에서 번득이는 번갯불처럼
그대 웃음 짓는 화롯가를 찾아갈 것을.
저 하늘의 천사(天使)들처럼
내 노래에 날개가 있다면.

내 노래에 날개가 있다면
그대 집 등(藤)넝쿨 아래에 가서
밤이 새도록 기다릴 것을.
길을 재촉하는 사랑의
날개가 있다면.
— 빅토르 위고, 「내 노래에 날개가 있다면」(장만영 옮김)


노래의 날개를 가정하는 이 시는 시인이자 소설가인 빅토르 위
고의 작품이다. 어쩐지 그대에게 사랑을 갈구하는 로맨티시즘의
노래처럼 여겨지지 않는다. 가정형 문장 때문에 결여와 미완의 순
간을 찬미하는 위고식의 시론(詩論)으로 읽힌다. 노래의 날개가 탄
생하는 순간은 언제인가. 나의 노래가 그대의 꽃밭과 웃음, 날아가
는 새들이나 하늘의 천사에 가닿는 순간은 언제인가. "길을 재촉하

는 사랑의 날개"는 영원히 달지 못할지도 모르겠다. 이 '직전'의 노래만이 '날개'를 꿈꿀 수 있을지도 모르겠다. 기다림의 자세는 노래의 순정성을 유지시켜주는 유일한 조건이라고 할 수 있을 것 같다. 이 기다림은 '당신'을 전제하는데 '당신'이라는 고유성(서준환식의 '나/우리'처럼)까지는 무한 확장할 수 없을 것이다. 시인에게 '당신'은 언제나 '당신'이다. '당신들'이 되는 순간 시보다는 철학자, 종교인, 사회운동가가 되어야 하기 때문이다. 백여 년 후에도 '당신'은 오지 않아 누군가는 기다리고 있을 것이다. 그가 꼭 '시'를 적을 것이라 기대할 수만은 없지만 말이다.

소방 호스보다 군중을 더 빨리 흩어버릴 수 있는 게 '시'라는 단어라고 한 건 아놀드 베넷이었고, 그 역시 소설가였다(조지 오웰, 「시와 마이크」, 『나는 왜 쓰는가』, 이한중 옮김, 한겨레출판사, 2010). 조지 오웰의 진단은 "사람들이 시를 싫어하는 것은 시가 불가해성, 지적 허세, 그리고 남들 바쁜데 혼자만 한가로운 소리를 한다는 느낌과 관련이 있기 때문이다"였다. 그런데 오늘날 한국 사회에서, 이상하게도 시의 입지가 좁아지고 시인의 존재감이 위태로워지는 것과 함께 시는 이상한 향수와 애착을 불러일으키기도 한다. 지하철 스크린 도어에 '시'가 걸리고, 여러 문화 행사에 빠지지 않는 것이 시낭송이기도 하다. 행사용 축시나 추모시를 여전히 담당하는 것을 보면 연예인보다는 다소 지적이고, 진지한(시인은 절대로 유쾌하거나 재밌을 수 없으므로) 존재가 아직 필요한 것 같기는 하다. 그런데 정말, 달나라로 휴가를 떠나고 화성에 아파트가 생기고 우주인 친구가 생기는 그날, '시인'이란 말은 어떻게 남을까. '이야기'도 '노래'도 아닌 '시'만의 독보적 자리를 추동할 '미래의' 시인은 어떤 모습으로 언제 어떻게 나타날까.

# '나'라는 감옥
## 혹은 탈출구

일인칭이 대세다. 많은 사람들이 〈나는 가수다〉(이후 〈나가수〉)를 보고, 〈나는 꼼수다〉(이후 〈나꼼수〉)를 듣는다. 이토록 존재 증명이 유행된 때가 있었던가. 자신의 정체성을 드러내지 않으면 위협감을 느끼기라도 하듯이. 이미 가창력을 인정받은 가수들이 다른 가수의 노래를 편곡해 매번 최고의 무대를 꾸며야 할 때, 그들의 노력과 열정은 누구의 것인가. 무엇을 위한 것인가. 나는 '이미' 가수인데, 내가 진정한 가수임을 매 순간 증명해야 하는 과제를 스스로 짊어지고서 그들은 어떤 기분일까. 처음부터 끝까지 가수였는데 다시 가수로 재탄생이라도 한 것처럼 그들은 기뻐한다. 요즘 많은 오락 프로그램이 그렇듯이 〈나가수〉 역시 서바이벌 형식을 가지고 있다. 순위에 밀려서 탈락할 때에도 너는 여전히 가수니까 '나가수'는 자꾸 '너가수'를 낳는 셈이다. 이 주에 한 번씩.

〈나꼼수〉라는 새로운 정치 채널의 탄생은 시민과 정치인을 모두 도가니 속에 몰아넣고 있는 것 같다. 한쪽은 웃고 한쪽은 우는데, 눈물은 양쪽에 모두 고인다. 사실 그 눈물의 온도 차이가 너무 커서 섣불리 입을 떼기가 무섭다. 다만 우리 사회에는 다양한 방식으로, 소규모로, 여러 목소리가 나오는 것이 필요하지 않을까 생각해본다. 분노도 유행되고, 폭로도 습관화되기 마련이니까. '우리'가 사는 사회는 무엇보다 오래 조금씩 변화해야 하고, 자주 뒤집어지기 마련이니까. 꼼수의 진정한 매력은 조건과 상황의 창의성에 있는 것 같다. 생존(生存)이 아니라 생존(生尊)을 위해 정치인들은 무한 창조적이고, 그들의 뜨악한 창조성을 따끔하게 찌르는(銛) 〈나꼼수〉 때문에 서민들은 불타오른다(燁).

'나'가 '나'임을 고집스럽게 관철해야 하는 시대에, 내 존재감과 입지를 증명하지 않으면 밀려나는 시대에, 자신의 스타일과 고집을 갖지 않으면 바보 되는 시대에, '우리'는 좀더 멀어 보이고, '당신들'을 향한 적대감은 조금씩 커지는 것 같다.

\*

얼마 전에 조출한 시낭송 모임에 다녀왔다. 나이가 좀 든 문창과 학생이 내 시집을 들고 다가왔다. 나는 으레 "성함이……?"라고 물었다. 내 이름자만 적기 미안해서다. "조조입니다"라는 말을 못 알아들어 자꾸 되묻게 되었다. 결국 세 번 만에 알아듣고 "조조님께, 감사합니다"라고 적었다. 조조. 아마도 필명인 것 같았다. 실제 이름일 수도 있었다. 그것이 무엇이든 간에, 평범하고 그럴듯한 이름만을 완강하게 고집하는 내 귀가 조금 부끄러웠다. 일찍이 "나는 유령작가입니다"라고 선언한 소설가도 있었는데, "안녕하세요, 기린입니다"라고 말한 작가도 있었는데 말이다.

'나'는 뼈가, 국자가, 칠레가 되어 자작시를 낭송했다. 십 년 전의, 서너 달 전의, 재작년의 '나'가 순서 없이 펼쳐졌다. 시인으로서 '나'를 드러내는 일이 쑥스러워 막대사탕을 우두둑 깨 먹고 무대에 섰었다. 내가 사랑한 '당신들'이 왜곡되어 펼쳐졌다. 그리고 또 금방 잊혔다. 조명이 켜졌다 꺼지는 순간들이 '나'가 나타났다 사라지는 순간과 겹쳐서, 배우들은 그토록 무대를 사랑하는가보다. 현실과 배역을 구분하지 못하는 배우들이 있다고 한다. 예술품으로부터 받은 강렬한 감흥 때문에 자신이 누구인지 잊거나 착각에 빠지는 사람들도 있다고 한다. 미라에게서 연인의 모습을 보거나 모나리자가 살아 있다고 생각하는 사람들에게 '나'는 무엇일까. 왜 그토록 현실 속에서 '나'는 쉽게 무너질까. 아님 무너지지 않기 위한 몸부림일까.

*

　이상은 일찍이 거울에 비친 '나'를 보며 '외로된 사업'(「거울」)에 골몰했다. 그는 끝내 악수를 하지 못하고 '나'의 외곽에 우뚝 섰다. 그 외곽은 시의 중심부였다. 우연이었는지도 모르겠다. "근심하고 진찰할 수 없는" 나를 대면하는 일은 이후 시인들에게 고스란히 유전되고 있다. 동시대의 윤동주가 외딴 우물에 비친 '사나이'를 인식하고, 미움과 연민을 거쳐 그 사나이에 대한 그리움을 말할 수 있을 때까지 얼마나 외로웠을까(「자화상」). '추억처럼' 서 있는 사나이가 바로 '나' 자신임을 어렵게 고백하는 시간은 단단하다. 그 단단함이 유순한 그를 죽음으로 이끌었을 것이다. 한편 서정주가 "병든 숫개마냥 헐덕거리며 나는 왔다"(「자화상」)고 고백할 때 시에 맺힌 이슬은 '핏빛'이었다. 부끄러운 가족사와 어두운 역사 사이에서, 죄인과 천치 사이에서, 반성하지 않는 '나'의 오기가 생겼는지도 모른다.

　길은 언제라도 '나'의 뒤에 있어서, 알고 갈 수 없다. 아무도 가르쳐주지 않는다. 우리는 그 길 위에서 잠시라도 만날 수 있는 것인지도 모르겠다. "나는 너니까. / 우리는 自己야"(황지우, 「503」)라고 말할 때 '길'은 영원히 숨어 있는 것 같기도 하다. "마음의 지도 속의 별자리"처럼 모호하게 말이다. "일찍이 나는 아무것도 아니었다"고 고백할 때, 곰팡이와 오줌 자국과 시체를 지나, 벼룩의 간을 내먹고 하염없이 죽어가면서도, 우리는 서로를 알 수 없는지도 모르겠다. 모름과 존재 사이 '나'는 애매하게 끼어서 '루머'처럼 떠돈다(최승자, 「일찌기 나는」). 여전히 나는 "너무 삶은 시금치, 빨다 버린 막대사탕"일 뿐이다(진은영, 「나는」).

*

어쩌면 '나'는 다시 물어야 될 것 같다. 사람의 안인가 밖인가. 어떤 사람인가.

문학인들이 모여 69선언을 했을 때 "이것은 인간의 말"이라고 했던 것이 기억난다. '인간'이기를 위협받는 느낌. 최소한의 것을 보장받기 위해 절규해야 하는 상황이 지금 '우리' 사회인 것 같다.

누군가의 꿈속에서 나는 매일 죽는다.

나는 따뜻한 물에 녹고 있는
얼음의 공포

물고기 알처럼 섬세하게
움직이는 이야기

나는 내가 사랑하는 것들을

하나하나 열거하지 못한다
몇 번씩 얼굴을 바꾸며
내가 속한 시간과
나를 벗어난 시간을
생각한다

누군가의 꿈을 대신 꾸며
누군가의 웃음을
대신 웃으며

나는 낯선 공기이거나
때로는 실물에 대한 기억

나는 피를 흘리고

나는 인간이 되어가는 슬픔
　　　―신해욱, 「끝나지 않는 것에 대한 생각」 전문, 『생물성』, 문학과지성
사, 2009


　'나' 이전 혹은 이후의 '나'를 지금의 내가 기록하는 일이 가능할
까. 그 가능성을 따지는 것은 내가 기대고 있는 시간, 내가 거처하

고 있는 공간을 벗어날 때만 가능할지도 모른다. 바로 그것이 불가능하기 때문에 '나'는 자꾸 '나'에게서 미끄러지고, 조금씩 비껴 서 있는 것인지도 모른다.

*

평생을 '나'라는 '주변'만을 맴돌다 죽기 직전에야 그 사실을 알아차리고 '나'에게서 좀더 멀리 벗어나거나, 혹은 가까이 다가서려는 노력을 기울이는 사람들을 종종 보게 된다.

나는 혼자다. 혼자인 것이다. 찾아 나설 아내도 없다. 설사 네 명의 자식이 있다 해도 나는 혼자일 것이다. 이 얼마나 다행한 일인가…… 문득 혼자서, 혼자를 위로하는 순간이다. 삶도 죽음도 간단하고 식상하다. 이 삶이 아무것도 아니란 걸, 스스로가 아무것도 아니란 걸, 이 세계가 누구의 것도 아니란 걸, 나는 그저 떠돌며 시간을 보냈을 뿐이란 사실을 나는 혼자 느끼고 또 느낀다. 나는 무엇인가? 이쪽은 삶, 이쪽은 죽음…… 나는 비로소 흔들림을 멈춘 나침반이다. 나는 누구인가? 나는 평생을

〈나〉의 근처를 배회한 인간일 뿐이다.
— 박민규, 「근처」, 『더블』, 창비, 2010

불치병이나 난치병에 걸린 사람들에게 "사람은 누구나 다 죽어, 너도 죽고 나도 죽어"라는 말은 위로가 되지 않을 것이다. "너가 죽는 것이 나는 정말 슬프다. 나는 그것이 견디기 어렵다"고 말해야 할 것이다. 앞의 말은 사실이고 뒤의 말은 수사(修辭)다. 사실보다는 수사를 사랑하는 것이 바로 '나'이다. 그런 '나'도 잘 모르면서 우리는 곧잘 '너'와 사랑에 빠지고, 섹스를 하고, 아이를 낳는다. 모르면서 끝까지 사랑하기 위해 노력한다. 내가 '나'이기를 죽을 때까지 노력해야 한다는 것은 비극이다.

*

　그러고 보니, '나'의 존재와 세계라는 거대한 시스템에 대한 거대한 의문을 던진 기획은 일찍부터 있었다. 〈매트릭스〉 〈큐브〉 등의 영화 속에서 볼 수 있는 '감옥' 이미지는 '나'와 '세계'가 어떻게 연루되어 있는지, 우리가 생각하는 시공간이 사실은 얼마나 허위적인 것인지를 보여준다. 그런데 그런 깨달음은 '망각'이라는 알약을 삼켜야만 가능했다. 그 알약은 맛이 '없다'. 그 알약을 삼키면 '없는' 세계를 견디는 형벌이 주어진다. 생각을 통제하는 것만으로 무엇이든 가능한 그 세계가 어찌 두렵지 않을 수 있겠는가. 내가 씹고 있는 이 초콜릿 쿠키가 아무것도 아니라면, '나'는 도대체 무엇인가, 누구인가.

열쇠 없음.

출구 없음.

날 가둘 수 있는 것은 오로지 '나' 자신뿐이며, '나'는 그래서 출구이자 열쇠가 되는 셈이다. 스스로를 커다란 열쇠로 상상하는 일은 너무나 어렵다.

*

얼마 전에 우리집 꼬마와 홍대에 있는 '트릭 아이 미술관(Trick Eye Museum)'에 다녀왔다. 그림 앞에서 적절한 포즈를 취하고 사진을 찍으면 시각을 교란시키는 재밌는 상황이 연출되었다. 액자 바깥으로 튀어나온 코뿔소의 거대한 뿔에 치받히기도 하고, 그림 바깥으로 떨어지는 동전들을 허겁지겁 주워보기도 한다. 작은 의자에 앉아 있는 것만으로 베니스의 수로를, 맨해튼의 도심을 여행할 수도 있다. 그림은 액자 바깥으로 넘치기도 하고, 액자 안에 뭔가 부족해서 그걸 채워야 하기도 한다. '나' 역시 이 미술품 같은 것이 아닐까. 어딘가 좀 넘치거나, 좀 모자란 것들의 조합이 '나'라는 이상한 흐름을 유지하고 있는 것일 테다. 트릭을 들키지 않도록 정교하게 시선을 교란시키거나 거리를 조정해야 한다. 눈속임의 기술이 능할수록 '나'의 능력은 인정받을 수도 있을 것 같다. 착각은 '나'라는 존재의 필수적 요건이 되는 셈이다. 가끔씩은 '나'라는 조각들을 얼기설기 봉합하다가 터지기도 할 것이다. 그 틈새로 흘러나오는 것들은 '나'의 무엇일까.

*

'나'의 이름이 없다면 어떨까. 자신의 이름을 바꿔 불러달라는 학생과 한 학기를 보냈다. 출석부에 인쇄된 이름자 위에 두 줄 긋고 그 학생이 요구한 이름을 다시 적어주었다. 서류상의 이름을 거부한 이 학생을 나는 특별히 대했다. 내가 성숙했다면 평범하게 대했어야만 했는데, 그렇지 못했다. 새로운 '나'를 찾아가는 학생이 다치지 않게 하기 위해서였다. 그 학생은 고마워했지만 나는 한 학기 동안 불안했다. 남학생으로도, 여학생으로도 그, 그녀를 대하지 못했다. 결국 남성이든 여성이든 인간이기 마련인데 내 자신이 한심하게 느껴졌다.

*

지방 국도를 달리다보면, 커다란 바위에 참으로 믿기 어려운 문구들이 있어 깜짝 놀라고는 한다. 아직도 충성해야 할 조국이 있고, 무찔러야 할 적이 있다. 보수 진영들은 '나'를 좀더 그럴듯하고 논리적으로 드러낼 수 있어야 할 것 같다. 진보 진영들은 '나'의 우월성 안팎에 또다른 역차별의 논리가 없는지 점검해야 할 것 같다. '나'로 말할 것 같으면, 대체로 염증파이다. 회의파라고 해야 할까. 한국 사회에서 '우리'가 족벌과 파벌, 학벌과 출신만을 강조하는 인칭이었으니, '나'는 당분간 더 강조되어야 할까. 거품처럼 부글거리다가 빵 터질 때까지 유행되어야 하는 걸까.

# '나'는
# 내가 아닌 사람

그런 이야기가 있다. 검은 염소는 흰 염소에게 받은 편지를 읽기도 전에 먹어치우고 흰 염소에게 답장을 쓴다. 뭐라고 썼느냐고. 흰 염소도 마찬가지다. 검은 염소에게 받은 답장을 읽기도 전에 먹어치우고 다시 편지를 쓴다. 뭐라고 썼느냐고(마도 미치오, 『염소 아저씨의 편지』, 푸름이닷컴, 2009). 염소들의 능청이 우습고, 읽지도 못할 편지를 주고받는 신세가 가련하고, 날마다 검은 염소네와 흰 염소네를 뛰어다닐 배달부 염소의 불타는 발가락이 안쓰럽다. '도둑맞은 편지'처럼 수신인에게 영원히 가닿지 못하는 메시지들이 있다. 오늘도 여기저기서 끝내 읽히지 못할 편지를 쓰고 있을 시인들. 오해와 난독을 불러일으키는 거룩한 손가락들. 이 글은 몇몇 손가락(과거와 현재 그리고 미래에 걸쳐 있을)에 대한 내 기호와 취향에 관한 이야기다.

평과(果)나무 소독이 있어
모기새끼가 드물다는 몇 날 후인
어느 날이 되었다.

(……)

안쪽과 주위(周圍)라면 아무런
기척이 없고 무변(無邊)하였다.
안쪽 흙바닥에는
떡갈나무 잎사귀들의 언저리와 뿌롱드 빛깔의 과실들이
평탄하게 가득차 있었다.

몇 개째를 집어보아도 놓였던 자리가
썩어 있지 않으면 벌레가 먹고 있었다.
그렇지 않은 것도 집기만 하면 썩어갔다.

거기를 지킨다는 사람이 들어와
내가 하려던 말을 빼앗듯이 말했다.

당신 아닌 사람이 집으면 그럴 리가 없다고—
  ─김종삼, 「원정(園丁)」 부분


　김종삼의 「라산스카」를 나는 좋아하였다. 그의 시는 거의 음악이라 할 만큼 아름답거니와 고유명사를 장악하는 힘에 매료되어 오래 아껴가며 읽었다. 오랜만에 김종삼 시를 다시 꺼내 읽었는데 예전에는 못 보았던 작품이 눈에 들어왔다. 「원정」은 전쟁중에 쓰인 그의 등단작이라고 하는데 시인의 존재감을 이보다 더 잘 보여주기 어려울 것 같다. 시쓰는 일이 점점 어려워져서 그런지 이 작품이 더 절실하게 다가왔다. 나 역시 실패와 좌절과 실연으로부터 내면을 구성하였다. 글을 쓰지 않고서는 견디기 힘들었다. 그러나 내가 길어올린 말들은 형편없었고 부끄러워서 다시 못 볼 것들이었다. 유치찬란하지 않으면 과대망상적이어서 그것이 나의 말이라고 믿고 싶지 않을 지경이 되었다. 본래 '평탄'한 것들도 나에게 이르러서는 일그러지는 것 같았다. "당신 아닌 사람이 집으면 그럴 리가 없다"는 말이 수도 없이 들리고는 했다. 슬프다못해 웃겼다. 그래도 나는 글을 쓰는 것을 멈추지 못했다. 하루하루 일상에 복수하듯이.
　그런데 애초에 글을 쓰던 나는 지금의 나와는 퍽 다르다. '나'라는 움직이는 지도는 완성될 성질의 것이 아닌 것 같다. 내가 나를 온전히 만나는 일이란 불가능한 일인지도 모르겠다. 불가능한 만남을 위해 늘 서성이는 것 같다. 발을 질질 끌고 다니자면 어느 것 하나 의심스럽지 않은 것이 없다. 그래서 나는 서성이는 시, 의심이 많은 시, 불가능에 대해 말하는 시가 좋다.

바늘에 대해 알아야 한다 문제없다
내가 고슴도치가 아니라는 걸 알아야 한다
알 필요 없지만
그들이 나의 바늘로 나를 찌를 거라고
썼다 문제없다 나는 나에게 박힌다고 써라
가장 큰 문제는 당신으로 하여금 평생
당신의 대대손손 내 바늘을 뽑도록 할지
모른다는 것이다 이쯤에서
모른다는 걸 알아야 한다는 생각이 드는가
문제없지 않은가
바늘도 없이 까분다고
나에 대해 당신이 웃을 수 있기를
바란다 문제없다
나만이 나의 바늘에 대해 알아야 하는 것은 아니다
갑판 위의 꼬리지느러미처럼 바늘이 떨린다
— 김경후, 「바늘의 사실」 전문

'앎'과 '모름' 사이에, '나'와 '당신' 사이에 정말 '문제없다'고 말할 수 있는가. 그렇지 않을 것이다. 그 '사이'에는 바늘로 일일이 뀔/찌를 수 없을 만큼 많은 문제들이 있을 것이다. 그런데 그것은 정말 '바늘'인가, '고슴도치'는 아닌가, 혹시 '꼬리지느러미'인가. '찌르다'와 '박히다'와 '뽑다' 중 어느 것이 적절한가. '생각하다'와 '바라다' 중에서 어느 것이 옳은가. '나'라는 사람도 '당신'을 향한 감정도 명백히 사실인 것은 없다. 그렇다면 '사실'에 대해 우리가 말할 수 있는 것은 무엇인가. '우리'가 할 수 있는 약속이란 어떤 것이어야 하는가.

삼십대를 지나오면서 나는 다른 사람들에 대해 조금은 더 생각하게 되었다. 함께 살아간다는 것에 관심을 조금 더 갖게 되었고, 그건 내가 많은 것을 잃고 얻게 된 소득이기도 하다. 어떨 때는 생각 속에만 있어서 이웃이란 것이 실체가 아니라 유령인 것도 같다. 나약한 고민주의자인 것이 얼마간 부끄럽기도 하다. 그래도 자신의 감정을 과장하며 깎아놓은 듯한 별 모양으로 새긴 언어를 보면 그리스 로마 시대의 조각상을 무심하게 바라보는 관광객이 된 심정이어서 별로다. 내 고통 속에서 다른 사람의 고통을 보고 우리 삶을 헤아려보는 일, 그럼에도 불구하고 나와 너의 아픔이 같지 않다는 사실을 자각하고 관대함과 포용력을 가지는 일. 말처럼 쉽지 않은 이 인간의 길이 시인에게도 예외 없이 중요한 문제인 것 같다. 그래서 나는 자신의 슬픔을 다른 사람의 고통에 잇대는 시, 스타일과 유행에 물들지 않고 저 혼자 묵묵히 가는 시, 혼자 걸어가다가 우리 삶에 대해 어렵게 되돌아보는 시가 좋다.

숨어서 보는 별은 참 많다
숯불 피운다 너의 꺾어진 팔뼈처럼 구멍난 야자숯
한때 내 머리에 꽂았던 입술을 떼어 던진다 타닥타닥
우리가 사랑한 만큼 발랄한 소리로

같은 하늘 아래 사는 게 아닌지도 모른다
너의 집 앞을 서성이는 택배기사의 하늘과
새로 찾은 펜션에서 별을 씹는 내 하늘이
어떻게 같은가 이빨이 아프다

주인이 고기와 야채를 들고 왔다
사랑할 때는 모든 엉덩이가 하얗고 조그맣고 숨막히는 것
어느 날 그것이 쏠아먹은 상추처럼 검어지면
그냥 그렇게 물컹하게 밟고 말고 싶지만

그는 택배상자를 던지고 너의 뒤로 달려들고
그 시간 나는 타버린 고기를 불판 틈에 밀어넣어야 한다
너는 이미 끝장났고 더 바라볼 게 없는데

나는 아직도 곳곳의 별을 깊이 더 깊이 훔쳐봐야 하는데

우리의, 사랑이, 어떻게, 같은가

― 정다운, 「용산 용인 용평」 전문

오해는 참을 수 없고 차이는 덮을 수 없고 이 판은 뒤집을 수 없고 지금의 나를 승인할 수 없다. 예민하다는 것은 참을성이 적다는 것과 어느 면에서 통한다. 시인은 참을성 적은 수다쟁이에 불과하고 사소함에 목을 맨다는 점에서 미련한 인간형이다. 바로 그런 '나'의 중얼거림은 나를 벗어나고자 하는 언어적 의지이기도 하다. 시의 말은 모두 개인 방언에 불과하지만 그 방언으로 서로 다른 삶을 동시에 드러낼 수도 있을 것 같다.

나와 너의 운명이 용산, 용인, 용평에서 갈리는 것은 단순히 우연에 불과한 것이 아니다. 삶의 세부를 결정하는 더 많은 것들 앞에서, 언제라도 나의 자리에 네가 올 수 있음을 시인하고, 너의 고통을 내가 온전히 느낄 수 없음을 고백하는 것은 정서적 감흥이나 호소 이상의 것이 될 수 있다.

더 많은 경우에 '나'를 번역하는 데 동원된 말은 다른 사람의 귓가에 가 부닥치거나 귓속에서 회오리치다가 엉뚱하게 빠져나간다. 우리는 서로 다른 사랑을 하고 있을 뿐이다. 사랑은 언제나 희극과 비극 사이를 통과한다. 당신을 향한 나의 무용한 속삭임을 멈출 수 없으며, 그 속삭임은 언제나 당신의 귓가에 맴돌거나 빠져나가버린

다. 그럼에도 불구하고, 나에게는 시가 감동을 주고 아름다움을 전할 수 있다는 오랜 믿음이 있다. 시는 사람을 움직이는 힘을 보유하고 있으며, 시의 언어는 사유와 논리에 앞서 움직인다. 시가 위대하다면 바로 그 지점일 것이다.

> 달 아래에서 거문고를 타기는 근심을 잊을까 함이러니 처음 곡조가 끝나기 전에 눈물이 앞을 가려서 밤은 바다가 되고 거문고 줄은 무지개가 됩니다
> 거문고 소리가 높았다가 가늘고 가늘다가 높을 때에 당신은 거문고 줄에서 그네를 뜁니다
> 마지막 소리가 바람을 따라서 느티나무 그늘로 사라질 때에 당신은 나를 힘없이 보면서 아득한 눈을 감습니다
> 아아 당신은 사라지는 거문고 소리를 따라서 아득한 눈을 감습니다
> ─ 한용운, 「거문고 탈 때」 전문

내가 시를 쓰며 살게 될 줄 몰랐던 시절에 나는 한용운을 좋아했다. 국어 선생님이 「님의 침묵」을 암송하게 했는데 의외로 어렵지 않았다. 「알 수 없어요」 같은 작품을 잘 풀어 설명할 수는 없었지만 이상하게도 대중가요 가사보다 훨씬 쉽게 머릿속에 들어왔다. 그때 가슴이 울렁거렸던 기억이 있다. 말의 의미를 넘어서는 슬픔이 너무 크게 다가와 주체할 수 없었다. 그 감동과 울렁거림을 오래

잊고 있다가 최근에 「한용운―이별의 괄호」(황현산)라는 글을 읽으며 다시 상기하게 되었다. 텍스트 강독 시간에 학생들과 한용운 시를 한 시간 내내 풀이 없이 죽죽 읽어내려갔던 적이 있다. 어떤 해석이나 평가 없이도 이 한국어 시가 참 좋았다.

「거문고 탈 때」 같은 작품은 특별히 의미 있게 되새겨졌다. 거문고를 탈 때 거문고 줄에서 그네 뛰는 당신을 보게 된다. 눈을 감는 것이 '당신'인지 '나'인지 모호하다. 이 확장된 시적 주체를 감싸는 신비 속에서 밤은 바다가 되고 거문고 줄은 무지개가 되고 소리가 그늘로 사라진다. 한용운 시에서는 허무를 견딜 수 있게 하는 지극한 사랑의 힘이 감각하고 인지할 수 있는 차원에서 구체물로 주어진다. '님'이 애인이든 조국이든 부처이든 말이다. 지금이나 예전이나 한용운 시는 마치 아름다운 역문처럼 느껴진다. 내가 가닿을 수 없는 세계를 여기로 끌어와서 보여주되 그 세계의 신성함을 보존하고 있으며 이곳의 비루한 삶을 견딜 수 있게 해준다.

내가 만난 대다수의 시인들은 이요르형(型) 인간이다. 굼뜨고 소심하고 인기가 없다. 잠자기 좋아하고 집에서 잘 나오지 않는다. 푸처럼 귀염성도 없고 올빼미처럼 현명하지도 못하고 토끼처럼 부지런하지도 않고 피글렛처럼 다정하지도 않고 루처럼 착하지도 않다. 그들이 쓰는 시도 좀 그렇다. 그런데 귀엽고 현명하고 부지런한 사람이 시를 쓸 일은 없을 것이다. 다정하고 착한 사람이 뭣하러 시까지 쓰겠는가. 내가 이 글에서 호출한 과거의, 현재의 시인들도 모두 이요르 같을 것이다. 아니다. 미래의 시인들은 아닐 것이다. 그렇지 않았으면 좋겠다. 나는 나의 미래를 나 아닌 것에서 찾고 싶지만 이 즈음 생각해보는 것은 스스로 극복해낸 것이 아무것도 없다는 사실 이다. 물려받은 것을 고스란히 껴안고 울지도 웃지도 못한다. 세상 의 모든 거울을 깨고 싶은 심정이다. 문제는 거울도 깨지 못할뿐더 러 깬다 해도 아무도 속일 수 없다는 데 있다. '나'라는 불투명한 거 울을 계속 들여다보는 수밖에! 내가 아는 단 한 가지는 시쓰기를 통 해 '나'는 내가 아닌 사람을 향해 나아가고 싶어한다는 사실이다.

그런데 자신의 이름을 걸고 의심하지 않고 앞으로 나아가기만 좋아하는 사람들이 있고, 그 사람들에게 참 많은 것들이 걸려 있다. 그들이 정말 우리라는 공동의 운명에 관심이 있는 것일까. 투표 시 간이 종료되고 대선 결과를 앞둔 지금, 앞으로 한국어와 한국어를 모국어로 하여 살고 있는 사람들의 삶이 얼마나 진창 속을 뒹굴지 모르겠다. 시의 언어가 누군가를, 어딘가를 물어뜯을 수나 있을지 모르겠다. 난감하다.

# 또다른
# '나'를 만나는 일
## — 글쓰기의 제일 즐거움

"학이시습지(學而時習之)면 불역열호(不亦說乎)아"라고 했다. 학문의 즐거움을 말해주는 『논어』의 구절이다. "배우고 때때로 익히면 또한 즐겁지 않은가"로 축자적으로 배웠지만, 의역해보면 "배우고 실천하니 더불어 즐겁지 않은가" 정도의 뜻이 될 것 같다. 이 구절에서 '說' 자는 '즐겁다/기껍다(열)'의 뜻이지만, 이 글자는 '말하다(설)'와 '달래다(세)'라는 뜻을 가지고 있으며 '벗어나다(탈)'의 뜻으로도 쓰인다. 서로 다른 네 가지 뜻과 음을 가진 이 글자가 나는 글쓰기에 두루 걸쳐 있다고 생각한다. 이 네 가지 사이를 오가며 글쓰기의 즐거움을 말할 수 있을 것 같다. 글쓰기의 즐거움이 어찌 성인들만의 것이겠는가.

## 의미 이상을 말하다

글은 무엇인가를 '말한다'. 유용한 정보의 전달일 수도 있고 특별한 정서의 표현일 수도 있고 인간적 도리의 천명일 수도 있다. 글이 전달하는 대상은 각각 달라도 바로 그것을 '말한다'는 공통점이 있다. 글을 읽고 쓰는 것은 상대방의 말에 귀를 기울이는 행위라고 할 수 있다. 소통은 '너'를 통해 '나' 자신을 새롭게 발견하는 과정이다. '나'의 불행과 상처는 나 혼자 만든 것이 아니다. 이 세계의 중력이 사라지는 것 같은 혼란과 격정 속에 서 있는 사람들이 있고, 슬픔과 분노 때문에 멈춰버린 사람들이 있고, 한차례 폭우가 지나간다(손보미, 「폭우」). 끝내 '너'를 향해 가지 못하는 '나'의 실패와 좌절에 대한 기록과 그 봉합의 흔적들은 언어로 새겨진다. 어떤 사유의 흔적들이 불안 속에서도 멈추지 않고 길을 가게 한다. 초연하게 이 세계를 관망하는 사람들조차도 자신의 평온 속에 불행의 씨앗들이 잠자고 있음을 안다.

의미는 언어를 형성하는 데 기본적인 요소이지만 작품의 특정 메시지가 최종 목적지는 아니다. 언어가 갖고 있는 고유한 리듬과 패턴, 이미지는 의미에 비해 결코 부수적이지 않다. 글쓰기는 의미 이상의 것이 되기 위해 움직인다. 의미 이상의 것을 전달할 수 있어서 글쓰기가 즐거운지도 모르겠다. 우리의 입이 식사에만 소용되지 않는 것과 같다. 한 편의 소설은 도롱뇽레롱뇽미롱뇽파롱뇽솔롱뇽라롱뇽시롱뇽도롱뇽의 무수한 반복으로 끝날 수도 있다(김엄지, 「기도와 식도」). 해체된 가족과 신체 기관에 대한 기이한 상상, 이상한 우정과 연애로 가득찬 거대한 욕설로서 이 소설은 불온하다. 의미 이상의 것을 꿈꾸는 불온함은 문학의 최전방이면서 동시에 글을 쓰는 주체의 최소 윤리이기도 하다. 글을 쓰는 사람은 제일 먼저 자신이 하려는 말을 곰곰이 따져봐야 하고, 그러고 나서는 언어를 가지고 더 즐겁게 창조적인 모험을 감행할 수 있어야 한다.

### 우리를 달래다

천재적 영감과 기발한 상상력만으로 글이 완성되는 것은 아니다. 한 편의 글은 일정한 계획과 절차에 의해 씌어지며 그러한 과정 속에서 글을 쓰는 사람은 자신만의 언어와 문법을 찾아가게 된다. 언어를 부리는 주체는 '나'이지만 언어는 '나'와 '너' 사이를 가로질러 예상치 않은 운동성을 갖는다. 구청 앞은 바자회도 열리고 시위도 열리는 공간이다(황정은, 「양산 펴기」). 누군가는 우연하게 그 거리를 지나고 또 누군가는 목숨을 걸고 투쟁하며 또다른 이는 그 앞에서 일일 아르바이트를 하기도 한다. 폭염 속에 소나기가 그 모든 사람들의 머리에 똑같이 쏟아지는 것일까. 구청 앞에서 저마다의 목소리가 겹치며 '팟착팟착' 우산이 접혔다 펴지고 우리의 일상이 아무렇지도 않게 흘러가는 것처럼 보인다. 생존과 여가와 유흥은 서로 다른 삶의 국면이지만 그 다름을 동시적으로 드러내는 일은 인간과 사회에 대해 물음표를 세우는 것이 된다. 그러나 글쓰기가 항상 차이를 드러내기 위한 것만은 아니다. 언어에 부착되어 있는 것들을 공유하며 지금 우리가 여기에 '함께'하고 있음을 언제라도 실감할 수 있게 된다. 나의 과거를 들여다보는 일이든, 우리의 현재를 직시하는 일이든, 먼 미래를 전망하는 일이든 이 모든 시간대를 넘나드는 일이든지 간에 그 즐거움이 한 사람 이상의 일이어서 글쓰기는 즐겁다.

그러나 다른 사람을 위로하고 달래는 일이 그렇게 쉬운 것은 아니다. 내 안에 존재하는 타자들을 먼저 발견해야 하기 때문이다. 글쓰기가 감성적 영역 이상의 것이어야 하는 이유가 거기에 있다. 글을 쓰는 '나'는 언제라도 '나' 이상의 것을 꿈꾼다. 이 꿈은 인간과 자연과 세계라는 거대한 타자를 호출하지 않더라도 이미 사회적 관계망 속에서 움직이는 것이기도 하다. 1930년대 '묘혈'을 파고, '꽃나무'를 바라보고, '거울'을 들여다본 이상은 당대를 살아가는 김해경 이상의 존재였다. 그의 시쓰기에서 숫자와 기호와 도형은 난해함 그 자체이면서 동시에 근대적 문물과 지식 체계 앞에서 분열하는 주체의 모습을 보여주었다. '나'의 겨드랑이에서 돋아날 '날개'에 대한 상상은 그 무너짐/넘어짐이라는 사건이 보유하고 있는 특별한 정신적 에너지를 보여준다. 근대 초기 우리는 다 같이 크게 한 번 넘어졌고, 넘어져서 우리 자신의 내면을 들여다봐야만 했었다.

## 영원히 벗어나라

글을 쓰는 '나'는 나이면서 지금 여기의 '나'이기를 거부하는 '나'이며 늘 새로움을 추구하는 '나'이기도 하다. 현실 속의 '나'를 벗어나고 싶은 욕망으로부터 글쓰기를 이야기할 수 있을지도 모르겠다. 그것이 아니라면 이 비루하고 초라한 현실을 어떻게 견디겠는가. 우리의 삶은 평균적이지도 논리적이지도 인과적이지도 않다. 모순과 역설로 가득한 존재들의 카니발이 어쩌면 삶인지도 모르겠다. 글은 그러한 삶에 질서를 부여하기도 하고, 질서인 것처럼 보이는 억압을 해체하기도 하고, 해체된 삶의 국면을 다시 껴안기도 한다. 벗어나고 싶은 욕망은 잘 붙잡혀 있고 싶은 바람과 다른 것이 아니지만 아무것도 하지 않는 것과는 다르다. 생성과 소멸 그 자체를 거부할 수는 없지만 인간이 가지고 있는 본래적 조건과 한계를 극복하는 사유의 일이 글쓰기의 즐거움이라고 할 수 있을 것이다.

충족될 수 없는 것 속에서 끊임없이 흔들리는 주체로서 느끼는 고독과 불안, 슬픔과 분노는 글쓰기의 동력으로 작용한다. 이 모든 것들이 단번에 해소될 수 없다는 점에서 글쓰기는 영원히 미완의 과정이다. 한 편의 글은 빈틈과 여백을 채우는 독자에 의해 비로소 완성된다. 글은 제일 먼저 독자를 붙들지만 '함께' 도망가고 싶어하는지도 모른다. 또다른 세계를 향해 탈주할 것을 종용한다. 새로운 것을 향해 먼저 가는 재미는 글쓰기의 특별한 국면이라고 할 수 있다. 신체가 사라진 곳에서 인간이라는 존재가 어떤 방식으로 존재하고 소통할 수 있을까(박민규, 「깊」). 공감하고 소통하는 새로운 능력을 갖는 방식으로 인간이 진화한다면 이 세계는 또 어떻게 달라질 것인가. 눈에 보이지 않는 것을 보는 힘에 의해 새로운 세계는 열리고, 창조적인 모험을 감행하는 이의 발걸음에 의해 길은 다시 만들어진다. 영원히 이 세계에서 한 발짝도 벗어나지 못하기 때문에 우리는 우리의 언어를 다른 세계에 잇대는지도 모른다.

## 기꺼이 내가 쓴다

글을 읽고 쓰는 것은 원초적인 즐거움 중의 하나라고 할 수 있다. 그러나 그것은 완결된 즐거움이 아니라 무엇인가를 향해 가는 즐거움이다. 아직 실현되지 못한 무엇을 향해 '기꺼이' 한 발짝 두 발짝 근접해가는 즐거움이다. 지금 이곳에서 불가능한 것을 꿈꾸며 그것을 붙들 수 있게 해주는 희망의 가교 역할을 한다는 점에서 글쓰기의 즐거움이 발생한다. 그 즐거움은 고통과 맞서는 용기 있는 자들만이 가질 수 있는 것이기도 하다. 한국에 돌아온 입양아 카밀라가 생부모를 찾아가는 여정은 진남에서 일어난 과거 사건과 비밀을 파헤치는 과정과 겹친다(김연수, 『파도가 바다의 일이라면』, 문학동네, 2015). 출생과 입양을 둘러싼 과거 일들이 드러나면서 '나'는 오히려 '나' 자신을 잃어간다. 기억과 증언의 엇갈림 속에서 카밀라는 희재가 되고, 생모 지은의 목소리가 되살아난다. 진실을 찾아가는 고통스러운 일이 현재와 미래에 '날개'를 달아줄 수 있을까. 유령처럼 떠도는 존재들의 목소리를 되찾아주는 과정이 바로 글을 쓰는 일이라고 할 수 있다.

그러나 글이 붙들 수 있는 것은 실체가 아니며 글쓰기는 안개 속에 떠도는 무엇인가를 잠시 만나는 일이다. 백석은 '바람벽'에 '나'와 운명을 같이하는 무수히 많은 것들이 지나가는 것을 본다. 이 바라봄은 '나'와 내가 아닌 것들을 나란히 배치하는 일이며, 그것을 일일이 호명함으로써 고독과 상처를 치유 가능한 것으로 전환하는 일이기도 하다. 세상과 화해를 꿈꾸는 조선의 청년은 외롭고 높고 쓸쓸하지만, 언제나 넘치는 사랑과 슬픔 속에 존재한다. 격동하는 조선 사회가 근대 세계와 접속할 수 있는 가능성을 열어놓는 방식으로 백석의 언어는 움직이고 있었다. 그것은 과거와 현재, 미래를 잇는 언어에 의해 가능하였다. 자신의 운명을 타자와의 관계 속에 배치하는 일은 글을 쓰는 사람의 소명이라고 할 수 있을 것이다.


글쓰기는 기본적으로 내가 살고 있는 이 세계를 해석하는 일이며 의미 이상의 것을 말하는 것이다(말씀 '설'). 그것은 '나'를 찾아가는 과정이며 내 안에 존재하는 '너'를 달래고 위로하는 일이다(달랠 '세'). 인간이 가진 조건과 한계를 사유하는 창조적 모험 속에서 '우리'의 인식은 새로운 곳에 이르며(벗어날 '탈'), 이 시도는 단번에 완결되지 않는 것을 향해 끊임없이 재도약하는 일이다(기쁠 '열'). 늙어가는 혹은 죽어가는 많은 사람들은 곧잘 다시 일기를 쓴다. 성공하고 싶은 많은 사람들도 자신의 하루 일상을 꼼꼼히 적어간다. 나는 이들의 글이 모두 문학적이라고 생각하지는 않는다. 하지만 자신을 언어화하는 과정 속에서 이들이 대면하는 빛나고도 아쉬운 과거들, 살아 있음의 국면들, 그들이 불러오고 싶은 미래는 문학적인 것 이상이라는 생각이 든다. 누구나 삶의 어느 국면에서나 글쓰기는 가능하고, 오늘 바로 이 순간 또다른 '나'를 만나는 일이 가능하다면 그것이 바로 글쓰기의 제일 즐거움이 아닐까. 우리가 글을 읽고 쓰고 향유하는 이유가 바로 거기에 있지 않을까.

# 다섯 개의 주석

1. 죽은 태양이 삐걱삐걱 새로운 노동에 몰입하는 동안(강정, 「두번째 아이」)

캐나다에 거주하는 고등학교 선배가 가장 먹고 싶은 것이 멸치, 쥐포, 오징어 등속의 건어물이라고 편지에 적었다. 김치, 불고기 같은 것은 오히려 흔한데 건어물은 쉽게 구할 수 없다고 그랬다. 야들야들한 스테이크, 단물이 뚝뚝 떨어지는 과일과 파릇한 채소들을 마음껏 먹을 수 있을 텐데 마르고 딱딱한 건어물이 먹고 싶을까 하다가도, 이국에서는 짭조름하고 질긴 것들을 질겅질겅 씹으며 소일하거나 수다를 떠는 일들이 그리워지지 않을까 싶기도 했다. 노락노락 게으름을 피울 수 없어서 힘들었던 적이 있었다. 바쁘고 일이 많고 고단한 것을 딱 싫어하는데 그 반대의 시간들을 잘 견딜 수 없다는 것이 이상한 외로움을 가져다주었다. 남의 나라에서는 무엇인가 하지 않으면 견디기 어려웠다. 게으름을 창조적으로 번역하기 힘들어서 그런 것인지도 모르겠다.

가끔씩 건어물처럼,

비쩍 마른 시를 쓰고 싶다. 열기와 물기라고는 찾아볼 수 없는 시.

가사노동에 시달리다보면 손목이 시리고 손가락이 욱신거린다. 허리가 뻐근하다. 아이들이 아직 어리고 집안일을 도와줄 사람이 남편뿐이어서 더 그렇다. 아이들이 자는 동안 무엇인가를 읽고 쓰는 일이 쉽지 않다. 집중하지 않으면 시간은 뚝 끊어져버린다. 나는 내게 두 가지 주문을 동시에 한다.

게을러질 것. 부지런해질 것.

글을 쓰기 위해서는 두 가지가 모두 필요한데 요즘 같아선 게으름을 피울 시간도 없고 부지런을 떨 시간조차 내게 잘 주어지지 않는다. 당연하게도, 세 권의 시집을 낸 '나'는 이미 죽었는지도 모르겠다. 변명 같지만, 아름답고 치명적인 시를 쓸 에너지가 두 아이의 출생과 함께 사라졌는지도 모르겠다(어느새 아이는 넷이 되었고 여전히 시를 쓰고 있다).

그러나 "죽은 태양이 삐걱삐걱 새로운 노동에 몰입하"듯이 나는 날마다 새로운 하루를 살고 있다. 아이들에게 소리지르고 남편에게 짜증내는 내가 무섭지만 그래서 더욱 새로운 '나'를 창조하지 않고서는 힘들다. 그걸 성장 혹은 퇴행이라고 할 수 있을까. 죽음 혹은 상실이라고 해도 상관없다. 나는 나를 간신히 이어가고 있으며 나 자신을 존중하는 법을 어렵게 배우고 있다.

그렇지 못할 때 온갖 병들이 난무하는데 그걸 앓는 것은 나 혼자가 아니다. 고독 역시 착각일 것이다(서준환). 어디선가 바로 그 병이 또 시를 적어갈 것임에는 틀림없지만 말이다.


2. 밤은 자꾸 어두워지려고 한다(진수미, 「밤의 아이들」)

사람의 마음이 순해질 때가 있다. 붐비는 버스 안 케이크 상자를 들고 흔들리는 가장들. 그들의 아들딸들이 푹푹 떠먹을 다 망가진 크림들을 상상할 때 그렇다. 조금 순해지는 것 같은 기분이 든다. 초저녁부터 술 취해 흔들거리며 걷는 가장들의 늘어진 뱃살을 볼 때도 그렇다. 그들 아내가 가만히 찔러볼 출렁이는 살들을 상상할 때 풋, 웃음이 난다. 그렇게 조금 순해지는 순간들이 내게 주어지지 않는다면 한여름에도 나는 꽁꽁 얼어버릴 것 같다.

내 코끝에 걸린 시린 감정들 때문에.

송곳. 비린내. 먹구름.

그리고 나는 곧 무너진다.

서로 알 수 없는 것들을 증오하면서 밤은 자꾸 어두워지려고 한다.

우연한 사고가

우연을 가장한 사고가

고통의 몸부림이

공감의 결여가

어둠을 증폭시킨다.

3. 극장에서 꺼낸 줄거리를 찢어서 얼굴의 땀을 닦든(최정진, 「가능성의 엉뚱한 핑계가 아프든」)

그러니까 이야기는 더 나빠지려고 한다. 악인은 악인으로서의 아름다움을 잃었고, 영웅의 철학은 설득력이 없고, 시민들은 자기 얼굴의 땀조차 닦지 못한다. 밤의 극장으로 어둠이 몰려가는데 저기 탈출하는 줄거리들. 정말이지 땀이 난다. 악인과 영웅과 시민들의 기분 나쁜 공모. 역행하는 이야기들. 나쁜 이야기들보다 더 나쁜 것은 나빠지려고 하는 이야기들. 인간적인 것을 향한 갈망으로, 선한 충동으로 조금씩만 나빠질 수는 없는 것일까.

우리 서로 조금씩만 그러기로 하자.

제발.

4. 밤의 부드러운 막 속으로 발을 집어넣고 걸었습니다. 송아지가 잠들어 있는 곳을 향해서(이성미, 「송아지의 밤」)

밤은 우리가 선물로 받은 '빈' 공책인지도 모르겠다. 비어 있다는 것이 선물인지 재앙인지 확신할 수 없지만 말이다. 우리가 꿈꾸는 세계가 온전히 실현되는 유일한 창구라는 점에서 아직은 선물이라고 해두고 싶다. 낮에 그 세계는 닫힌다. 그래서 낮에는 묵묵히 일을 하는 것인지도 모르겠다.

밤은 무엇일까, 라는 의문을 가져보지 못했다. 오랫동안 그것은 대상이 아니라 시간이었다. 무엇을 할 수 있다거나 없다는 식의 가능과 불가능의 영역에서 검거나 희었다. 그런데 밤은 무엇일까, 라고 다시 묻자 삼십칠 년 간의 밤을 보내고도 아직 모르겠다. 그래서 다시 묻는다.

밤에 나의 몸은 무엇인가.

밤은.

나의 손이 뭉툭한 도끼가 되기도 하고 발목이 한없이 가늘어지기도 한다. 손가락이 활처럼 휘어지기도 한다. 어디에나 갈 수 있는데 아무것도 잡을 수 없다. 지나치게 차가워지거나 뜨거워져서, 할 수 있는 것이 없어서 온전히 나만의 기분에 사로잡히기도 한다. 밤은 확실히 사람을 눅눅하게 만든다. 운동을 하는 사람들, 술을 마시는 사람들, 욕을 하는 사람들, 간음을 하는 사람들. 사람들 틈에 껴서 나는 나를 훔쳐댄다.

어릴 적에 친구가 죽었다. 나는 삼십대 후반이 되어 이제 주름살이 생기고 신경질도 느끼는데 그 친구는 언제나 열두 살 흰 얼굴로 웃는다. 나의 밤에 송아지처럼 매달려 매애애 여린 울음소리를 낸다. 죽은 이에게는 '빈' 공책이 주어지지 않을 것이다. 내가 "밤의 부드러운 막 속으로 발을 집어넣고 걸"어들어가 잠든 송아지를 부른다 하더라도 송아지는 이 세계로 제 발걸음을 떼지 않는다. 현실 속에서 황금 소가 되려 하지 않는다.

내게 잠은 흰색이고, 거칠고, 무능하다. 밤은 내가 어떻게 할 수 없다는 점에서 대상이 아니라 여전히 시간이다. 그러나 "태양이 뜨겁게 사랑해주는 곳"(이성미, 같은 시)이 낮의 세계일 리가 없다. "얼마나 오랫동안 안고 있어야 밤과 낮은 하나가 되나"(김연수).

사랑받지 못할 몸으로

송아지의 밤 속으로 걸어들어가야겠다.

비쩍 마른 시 한 편을 써야겠다.


5. 곰팡이 슬어도 썩지 못하는 어제, 예스터데이(김경후, 「농담 예스터데이」)

집 앞 철로의 온도가 사계절 궁금하다. 한 번도 그걸 만져본 적이 없다. 날마다 시끄러운 소리를 내며 열차가 지나가도, 둔중한 소리를 내며 화물차가 지나가도. 이 어둠은 열차를 매달고 어디로 가는 것일까. 열차가 통과하는 역마다 사람들의 입김과 그들 입술의 온도가 궁금하다. 오늘 그들의 입술이 어떤 방향으로 열릴까. 서로를 향해 다정하게 인사를 건네고 할퀴고 물어뜯고 서로 좋아 쭉쭉 빨고. 그리고 다문 입술 가운데 영원히 열리지 않는 것도 있겠지.

칠팔 년간 내가 들었던 선로의 끽끽거리는 소리는 다 어디로 갔을까. 내 귓속에 첩첩 쌓여 귀를 낳고 귀를 낳고 귀를 낳고. 오늘밤에도 나는 나보다 더 큰 귀를 낳고 그 속으로 들어간다. 내일이 되어도 어제의 나는 귓속에 들어가 나오지 않는다. 귀를 낳고 그 속으로 들어간 날들이여 안녕.

만날 수 없는 어제들이여 안녕.

내가 보낸 안부들을 하나도 듣지 못하는 당신이여 안녕.

미래에 태어날 성격 좋은 시들이여 안녕.

# 오늘 한 번 더
## 당신을 만나겠습니다

바오 닌의 『전쟁의 슬픔』(하재홍 옮김, 아시아, 2012)에 이런 이야기가 나온다고 합니다. 전쟁중에 한 마을이 폭격을 당해 댐이 무너져서 수몰 위기에 처합니다. 젊은 부부가 갓난이를 안고 지붕 위로 올라 나뭇가지를 붙들고 간신히 몸을 지탱하지요. 남편이 물살에 휩쓸려갈 위험에 처해도 아내는 손 내밀지 않고 강보에 싸인 아이만을 꼭 끌어안습니다. 남편은 가까스로 버텨내지요. 이번에는 아내와 아이가 물살에 휩쓸려갈 위기에 처합니다. 남편은 겨우 아이만을 붙잡게 됩니다. 다음날 아침 물이 어느 정도 빠지자, 남편은 아내를 잃은 슬픔에 넋을 놓게 됩니다. 한참을 그러다 그제야 우는 아이를 들여다보았는데 제 아이가 아니었다고 합니다. 이런 식으로 베트남에서는 전쟁에서 살아남은 자들이 다시 새 가족을 이루는 경우가 많았다고 합니다. 얼마 전에 어디선가 읽었던 이야기입니다.

저는 바오 닌의 이야기를 통해 저의 글쓰기에 대해 생각해봤습니다. 제가 정말 지키고 붙잡고 싶은 것은 언제나 매번 제 손을 벗어납니다. 중요한 것을 잃어버리고 남아 있는 것을 다시 사랑해야 하는 것은, 마치 글을 쓰는 사람들의 운명 같다는 생각이 듭니다. 무엇인가를 진지하게 적어도 결국 그 문자 속에 중요한 것을 담아내기 어렵습니다. 언어의 행간으로 술술 빠져나가는 바로 그것은 무엇일까요. 사랑하기는 쉽지만 사랑을 지켜가기는 어려운 것 같습니다. 그러나 전혀 다른 곳에 서 있는, 생각지도 못한 것을 쥐고 있는 제 운명을 또 어찌 사랑하지 않을 수 있겠습니까.

부모님이 살아 계시고, 선생님들께서 지켜보시고, 아이들과 남편이 제 옆에 있습니다. 상실감과 슬픔을 이야기하는 것이 매우 송구스럽고 죄송한 마음이 듭니다. 봄이라 그런지 여기저기서 부고가 들려오기도 합니다. 죽음은 자연이지만 삶 속에서 반자연, 반인간의 굴욕과 허무를 견뎌야 하는 때입니다.

여태까지 해왔던 일을 계속해야겠지요. 더 잘할 자신도 없지만 그만둘 용기도 제게는 없습니다. 사람을 전율과 공포로 몰아넣는 위대한 시를 써보고 싶다는 욕심이 나기도 하지만 그럴 수 있을 것 같지는 않습니다. 제게 주어진 모국어를 특별히 더 사랑하지 않지만 바로 그것 이외에 아무것도 없는 것 같습니다. 이제부터 특별하고 진지한 시적 고민을 해야 할까요.

무지와 용기는 사랑의 조건이면서 얼마간 시쓰기의 조건이기도 합니다. 다른 사람의 고독과 상처를 잘 어루만질 수 있었다면 저는 시를 쓰지 않았을 것입니다. 사랑은 무능의 결과이고 그 무능함을 벗어난 삶을 상상하기 어렵습니다. 저 자신을 조금 더 사랑해도 되겠습니까. 본의 아니게 사랑에 대해 말하고 있습니다만 저는 우정이나 의리 같은 것을 더 좋아합니다. 오늘 한 번 더 당신을 만나는 일에 애쓰겠습니다.

**책과책임02**

쓰면서 이야기하는 사람
ⓒ 이근화 2015

초판 1쇄 인쇄  2015년 11월 23일
초판 1쇄 발행  2015년 11월 30일

지은이  이근화
펴낸이  염현숙
편집인  김민정
표지 디자인  한혜진
본문 디자인  백주영
편집인  김민정
마케팅  정민호 나해진 이동엽
홍보  김희숙 김상만 한수진 이천희
제작  강신은 김동욱 임현식
제작처  영신사

펴낸곳  (주)문학동네
임프린트  난다
출판등록  1993년 10월 22일 제406−2003−000045호

주소  10881  경기도 파주시 회동길 210
전자우편  blackinana@hanmail.net | 트위터  @blackinana
문의전화  031) 955-2656(편집)  031) 955-8890(마케팅) | 팩스  031) 955-8855
문학동네카페  http://cafe.naver.com/mhdn

ISBN  978-89-546-3558-5  03810

* 난다는 출판그룹 문학동네 임프린트입니다. 이 책의 판권은 지은이와 난다에 있습니다.
* 이 책 내용의 전부 또는 일부를 재사용하려면 반드시 양측의 서면 동의를 받아야 합니다.
* 이 도서의 국립중앙도서관 출판시도서목록(CIP)은 e-CIP 홈페이지(http://www.nl.go.kr/cip.
php)에서 이용하실 수 있습니다. (CIP 제어번호 : 2015007170)

**www.munhak.com**